騎士王子は月の下で愛を囁く
「もう少しだけ一緒に月を見ていてくれないか？　体は私が温めてやる」
「！」
　後ろから抱き込まれ、ローブと共に彼の腕に包まれる。体を覆う温かさに、何故か胸が切なく締め付けられた。

騎《き》士《し》王《おう》子《じ》は月《つき》の下《した》で愛《あい》を囁《ささや》く

藤《ふじ》崎《さき》 都《みやこ》

ILLUSTRATION：小《こ》禄《ろく》

騎士王子は月の下で愛を囁く

LYNX ROMANCE

CONTENTS

騎士王子は
月の下で愛を囁く

1

「何なんだ、貴様ら!?」

「ずいぶんといい身なりをしてるじゃねえか。持ってるもん全部俺らに寄越してもらおうか」

切り立った山肌を駆け下りてきた野盗と思《おぼ》しき男たちは大ぶりの湾刀《わんとう》を構え、リシュカたちの前後を塞いだ。

「ふざけるな！　貴様らこそそこをどけ！」

先頭の護衛が声を荒らげる。

「ちょっと痛い目を見てもらわねぇといけないようだな。いいかお前ら、そいつを絶対に逃がすんじゃねえぞ！」

野太い怒号に威圧される。男たちは湾刀を振りかぶり、リシュカに向かって斬りかかってきた。

「……っ」

リシュカは咄嗟《とっさ》に馬の上で腰の剣を抜き、危ういところで刃を受け止める。金属同士がぶつかる耳障りな音が山間に響いた。

ざっと十人以上はいるだろうか。対してこちらは五人。約半数である上、それぞれに実戦経験はないため戦力は未知数だ。当初は威勢よく反撃していた護衛たちだが、野盗の勢いに狼狽《うろた》え混乱していた。

リシュカは左手に握った手綱で馬を操り、次々に襲いかかってくる男たちを必死に躱《かわ》す。

「逃がすかよ、皇子様！」

こんなところで足止めを食うわけにはいかない。自分には何に変えても果たさなければならない使命があるからだ。ここは逃げるしかない。どうにか退路を切り開けないかと男たちの隙《すき》を探す。

「ルクイル、大丈夫か？　一旦、この場を――、っ!?」

後ろにいる護衛の部下を振り返ろうとしたその瞬間、ガツン、と後頭部に衝撃を感じた。その焼けるような鈍痛に、視界がチカチカと明滅する。

（しまった）

不意打ちを食らったせいで、頭の中がぐらぐらとする。必死に歯を食い縛るけれど、じわじわと視界が狭まっていく。

ずるりと体が滑り、馬から自分が落下していくのがわかる。どうすることもできないまま、リシュカは意識を手放した。

＊

「――親書は!?　痛ッ……」

勢いよく起き上がった弾みに、頭にずきりと鈍い痛みが走った。

リシュカは鈍痛に思わず頭に手をやり、包帯が巻かれていることに気がついた。手当てをされている上に、外套《がいとう》も鎧《よろい》も脱がされている。痛みを堪《こら》えながら辺りを見回し、寝台の脇の椅子の上に自分の持ち物がまとめて置かれているのを発見した。

鎧は見当たらないが、外套は畳まれ、腰に提げていた剣や懐に忍ばせておいた短剣もある。その中に、親書を納めた文箱《ふばこ》を入れた鞄《かばん》を見つけ、安堵《あんど》に胸を撫《な》で下ろした。

「よかった……」

それらがなければ、大事な使命が果たせない。ほっとすると同時に、自分の置かれた状況に疑問が湧いてきた。

ユシュタル皇国の第一皇子であるリシュカは、隣国レアリウス王国に国交回復の交渉使節として向かっていた。昨年、十八歳で成人の儀をすませたばかりのリシュカにとっては、初めての大任だ。

隣り合うユシュタル皇国とレアリウス王国には、長く争っていた過去がある。リシュカが生まれる百年以上前のことだ。

両国の間には険しい山脈が連なっているため戦をするにも困難なことが多く、当時はなかなか決着がつかなかったという。ある荒天の冬に休戦して以来、冷戦に入った。その後、商人の行き来もなくなり、完全に国交が断絶したと歴史書で学んだ。

供は護衛五人。愛馬のツェレンに乗り、谷間に築かれた両国の国境門を目指していた。細い一本道に入ったところで、山道の両脇から滑り降りてきた野盗に行く手を阻まれたのだ。

狭い山道で前後を塞がれ、逃げることもできない状況に追い込まれた。父である皇帝から預かった親書やレアリウス王国国王への贈り物を奪われまいと応戦したことは覚えている。

剣を抜いて数人を退けたものの、不意に後頭部に強い衝撃を感じ——その先の記憶はない。

（ここはどこなんだろう……）

自分が天蓋つきの寝台に寝かされていることしかわからない。状況を確認するために周囲を見回したリシュカの視界に入ってきたのは、見慣れぬ内装の部屋だった。

置かれている家具はどれも艶のある木製で、派手ではないが緻密な彫刻が施された丁寧な職人仕事が窺《うかが》えるものばかりだった。窓には高価な板硝子《ガラス》が塡《は》め込まれていることから、経済的に恵まれた人物の屋敷であることは確かだろう。

横たわったまま窓の外の様子を窺うが、夕暮れの空と針葉樹が連なるばかりで場所を特定できるものは見当たらなかった。

（どこかの貴族の屋敷かな……？）

室内の様子を見る限り、ユシュタル皇国の意匠はない。

二国の間にはどちらのものでもない未開の領土がある。その辺りに人の集落があるという話は耳にしたことがないが、暮らすことはできなくもないだろう。

リシュカにかけられた上掛けも質のいい綿でできており、寝台の横に置かれた机には咲いたばかりと思しき一輪の花まで生けてある。この丁重な扱いを見ると、野盗に連れ去られたわけではないということだけはわかる。だとしたら、一体誰が——。

ガチャリ、と金具が動く音が聞こえ、反射的に顔を上げる。

「気がついたか。気分はどうだ？」

低く落ち着いた声音に呼びかけられたリシュカの心臓は、相手の姿を目にした途端に大きく跳ねた。

「――――」

部屋に入ってきたのは、すらりとした長身に彫りの深い端正な面立ちの黒髪の男だった。

長めの前髪が目元にかかっているけれど、漆黒の瞳には鋭い光が宿っているのがわかる。力強くまっすぐに伸びた眉、鼻筋はすらりと長く通り、頬骨《ほおぼね》は高く顔の輪郭は完璧で、弧を描いて引き結ばれた厚めの唇は蠱惑《こわく》的だった。

腰の位置は高く、手足が長い。服の上からでも、鍛え上げられた肉体が見て取れる。その立ち姿からもただ者ではないということは伝わってきた。

「どうした？　喋《しゃべ》れないわけではないよな？」

「い、いえ……」

「顔が赤いな。熱が出てきたか？」

「……っ」

伸びてきた手が額に触れた瞬間、かあっと顔が熱くなる。

「熱はないようだが、水分不足かもな。あとで水を持ってこさせよう」

何故《なぜ》か上手《うま》く言葉が出てこない。一言も紡げないリシュカに、男は気遣わしげに訊《たず》ねてくる。

（どうしたんだ僕は……）

彼はただ整った容姿というだけでなく、否応《いやおう》なく惹《ひ》きつけられる独得な雰囲気を身に纏《まと》っていた。

こんなふうに誰かの存在に強く惹きつけられたのは、生まれて初めてのことだった。咄嗟に咳払《せきばら》いをして、動揺をごまかす。

「あ、あの、貴方《あなた》が僕、いえ、私を助けてくれたんですか？」

「君が野盗たちに襲われているところに通りかかったんだ。意識がなかったから連れてきた。怪我《けが》も大したことがなくてよかったな。医者は数日もすれば治るだろうと云っていた」

「お医者様にも診せてくださったんですか！　何から何まで世話になって――」

「あの場を通りかかったのは偶然だが、もしかしたら、君と出逢《であ》う運命だったのかもしれない」

「……っ」

指の背で頬を優しく撫でられる。その微かな感触に、全身の血液が沸騰した。脈拍はさらに速まり、知らずに握りしめた手の平にじっとりと汗が滲《にじ》んでくる。礼を告げるにしても、このままでは相手に失礼だ。痛みを堪えて寝台から降りようとしたがすぐに制止された。

「そのままでいい。怪我をしているんだから無理はするな。ゆっくり体を休めてくれ」

完璧な形の唇から紡がれる低音も、リシュカの鼓膜を甘く震わせる。

(何て親切な人だろう……)

その声に聴き入ってしまいそうになる自分を叱咤《しった》する。彼の申し出をありがたく受け取りつつ、せめてもの礼を尽くそうと居住まいを正す。

「ご厚意に心から感謝します。お陰で命拾いをしました」

リシュカは寝台の上で可能な限り頭を下げる。馬から落ちたときに打ったと思われる背中が痛んだが、歯を食い縛って堪えた。

「当然のことをしたまでだ。あんなところに出会《でくわ》して見過ごせるわけないだろう？　とは云え、礼を云われるようなことは何もしていない。私たちの姿を見ただけで、奴《やつ》らは逃げていったからな」

彼は善行を鼻にかけることもなく、事もなげに告げる。曰《いわ》く、彼が城砦《じょうさい》周辺を巡回していたところ、国境近くで野盗たちに襲われているリシュカを発見したらしい。

見ず知らずの人間への厚遇に頭が下がる。どうお礼をしたらいいだろう。

（そういえば、ルクイルはどこへ行ったんだ……？）

ルクイルというのは、リシュカが団長を務めている騎士団の部下で一番腕が立つ男だ。一回り年上で、リシュカが十四歳で騎士団見習いになってから世話役として仕えてくれている。

今回の使節派遣には、彼をはじめとした護衛が五人同行していた。野盗に襲われるまでは共にいたのだが、いまは彼らの姿が見えないことが気にかかる。

「あの、私の他に助かった者はいないのでしょうか？」

「連れがいたのか？　残念だが、保護できたのは君だけだ。急いで助けに入ったが、君の他には誰もいなかった」

（そんな――）

野盗に簡単にやられるとは思えないけれど、数の上では圧倒的に不利だった。まさか、みんなあのときに命を落としたか、野盗に連れ去られたのでは――嫌な想像が浮かんでしまう。そんなことになっていないことを祈るばかりだ。

「皆、腕の立つ者たちですから、きっと無事でいるはずです」

「ちょっと待て。もしかして、連れというのは護衛のことか？」

「はい。五人ほど私の供をしてくれておりました」

「つまり、君を残して先に逃げたということか？　主《あるじ》を残して率先して逃げるなど、己の使命を何だと思っているんだ」

男は顔も知らぬ護衛たちに怒っている。

「腕が立つと云っても実戦経験のない者たちばかりでしたから、尻込みしてしまったのかもしれません」

「君は慈悲深いな」

「いえ……」

実際に殺意を持って刃《やいば》を向けられると、あれほどまでに体が竦《すく》むものだと初めて知った。大した怪我もせず、こうして自分が無事でいるのは奇跡でしかない。

あのときの血の気が引く感覚を思い返すと、彼らのことを無闇に責められないというだけだ。

「あの！　彼らが野盗に連れ去られた可能性はありますか？」

「どうだろう。私たちの姿を見た途端、あいつらは蜘蛛《くも》の子を散らすように逃げていったが、人質を連れている様子はなかった」

「皆、無事に逃げられたのならいいのですが」

もしかしたら、ルクイルたちは国に助けを求めに戻ったのかもしれない。いまのリシュカには、彼らの無事を祈ることしかできなかった。

（ツェレンも無事でいるといいが……）

乗っていた愛馬のことを考えると暗い気持ちになる。彼女が野盗たちに奪われてしまったとしても、せめて大事に扱われているといいのだが。

「そういえば、君の荷物は手つかずだったな。普通なら金目のものは奪っていく。途中で邪魔が入ったとしても、何も盗《と》らないなんて徒労もいいところだ」

「それはあなた方を恐れてのことではないでしょうか？」

「そうかもな。ただ、あまり見ない出《い》で立《た》ちだったのが気にかかる。怪しい動きをしていた奴もいたような――」

「あ、あの……？」

男は、ぶつぶつと云いながら何やら思案顔で黙り込んでしまった。

「ああ、すまない。少し気になることがあっただけだ。君の護衛たちのことだが、人相を教えてもらえば、こちらで探すこともできるが」

「もしどこかで見かけたときは保護していただけると助かります！」

リシュカは彼の申し出に飛びついた。どうにかして、彼らの無事を確かめたい。

「了解した」

野盗から逃げてどこかに隠れているのだとしたら、慣れない土地で心細い気持ちでいるに違いない。

腕の立つ男たちだけれど、孤立無援の状況では不安なはずだ。

（――でも、この人にそこまで頼ってしまっていいのだろうか……）

反射的に彼の申し出を受けてしまったが、軽率だったのではないかと思い直す。そもそも正体がわからない。彼自身は親切だが、自分の使命を考えると事は単純ではない。そこまで考えて、リシュカはまだ男の名前も聞いておらず、自分も名乗りさえしていないことを思い出した。

はっと顔を上げると、相手もそう思っていたようだ。男は胸に手を当ててリシュカに向かって一揖《いちゆう》した。

「私はヴィル、第七騎士団の団長を務めている者だ。いまは国境の砦の警備にあたっている」

手を差し出されて、はっとする。握手を求められているのだと気づき、慌てて上衣で手汗を拭って握り返した。

（……戦う人の手だ）

節々は太く、皮膚も厚くなっている。リシュカの手も鍛錬によるマメができてはいるが、彼の手は使い込まれ方が違う。容姿の端麗さと存在感にばかり圧倒されていたけれど、彼は一方《ひとかた》ならぬ武人であるようだ。

太陽のように温かい手の平の温度は心地よく、離しがたい気持ちになる。いままで感じたことのない昂揚《こうよう》に、鼓動はいつになっても落ち着きを取り戻さなかった。

「君の名前を聞いてもいいか？」

「え？　あ、私はリシュカと申します」

問われ、我に返る。彼の手をいつまでも握っているわけにはいかない。名残惜しさを感じながら力を抜き、リシュカは自らの手を引いた。

「リシュカか。いい名前だな」

「そ、そうでしょうか……」

「ああ、響きがとてもいい。君によく似合っている」

「ありがとうございます……」

不意に褒められ、頬が熱くなった。何故か、ヴィルの柔らかな表情にドキドキしてしまう。不可解な感情に戸惑いつつも、どうにか自分を律する。

（どうしてこんなにドキドキするんだろう？）

いまは浮かれている場合ではない。自分には大事な役目がある――リシュカは改めて自分にそう云い聞かせた。

「ところで、ここはどこなのでしょうか？」

「ここはユシュタルとの国境近くの城砦にある私の屋敷だ」

（つまり、レアリウス領内ということか……！）

どくん、と心臓が嫌な感じに跳ねる。にわかに緊張感が増した。リシュカはさっき彼を目にした瞬間とは対照的に、背中に冷や汗を掻《か》いた。交渉の使節としてやってきたけれど、ユシュタルの人間である自分が関所も通らず容易にレアリウス王国に足を踏み入れることができるとは思っていなかった。

国交を結びたいと口で云うのは簡単だが、それを現実のものとするにはたくさんの壁がある。

形骸化しているとはいえ、敵対している国からの訪問者など門前払いを食らってもおかしくはない。最悪、人質として捕まる覚悟もしていたぶん、拍子抜けした気持ちもあった。

「あの、国境警備というと――」

「最近は主に野盗退治が私の仕事だ。国内で罪を犯し死刑を免れた者たちは、国外退去を命じられることがある。そういう輩《やから》が徒党を組んで、人が通ることのない深い森を抜けて国境周辺の村々を襲うようになったんだ。そういう者たちを取り締まるために見回っている」

（僕たちは格好の餌食だったというわけか……）

何も知らずにのこのこと山道を行くリシュカたちは、さながら火に飛んでくる虫のようなものだったのだろう。

「害虫駆除が行き届いていなくて本当にすまなかったな。ここは私の屋敷だから安全だ。心置きなくゆっくり休むといい」

「ありがとうございます、ヴィル様」

ヴィルの厚意に、リシュカは内心驚きを隠せずにいた。こんなに親切な彼がレアリウス人だという事実が衝撃だったのだ。

何故なら、リシュカはこれまでレアリウス人は非道で心ある者が少ないとユシュタルの宮殿で聞かされて育ったからだ。見ず知らずの人間を野盗から助け、手当てまで施してくれる思いやり深い彼のような国民がいたなんて。

（非道な王族に支配されているからといって、皆が同じような性質とは限らないものな……）

人には個性というものがあるし、立場や環境も影響するだろう。支配する側と支配される側では、人格も違うものになって当然だ。

「君はユシュタル皇国から来たんだろう？　その身なりや紋章からすると、高貴な身分の方だとお見受けする。もしや、皇族の縁者ではないか？」

ヴィルの観察眼の鋭さに瞠目《どうもく》する。

（僕の身なりや持ち物だけで、そこまで推察するなんて……）

身分を明かすことを一瞬躊躇《ためら》った。しかし、彼はレアリウスの騎士だ。ここで皇子であることと自分の使命を説明すれば、王都までの道中の護衛を頼めるかもしれない。

交渉のための訪問ではあるが、歓迎されるか、それとも門前払いをされるかは、国王に謁見してみなければわからない。まずは王都までの安全な道行きを確保しなくては。

「……いかにも、私はユシュタル皇国の第一皇子です」

リシュカは覚悟を決めて、素性を告げた。

「第一皇子？　どこかの深窓の令息だろうとは思ったが、まさか皇子とは——」

泰然としていたヴィルも、リシュカの自己紹介に目を剝《む》いた。身分からすると装備や警護が身軽すぎるので、無理もない。

「失礼いたしました。これまでの不躾《ぶしつけ》な態度をお許しください」

「い、いえ！　私こそ助けられた身。どうかそのままで」

ヴィルの飾らない言葉遣いはむしろ心地がいい。皇子ではなく、一人の人間として見てもらえているようで嬉《うれ》しかった。

「そういうわけには。周りの者たちにも示しがつきません」

「そうですか……」

急に丁寧になった態度に寂しさを覚えてしまうが、リシュカは気を取り直して気になっていた疑問を投げかけた。

「……ところで、どうして貴方は私が敵国の者とわかりながら助けてくれたんですか？」

「敵国？　そんなの昔の話でしょう。国交は断絶していますが、ただそれだけです。いまは戦でどうこうするような時代ではありません」

そう云って小さく笑ったヴィルに、リシュカは驚いた。

(確かに僕自身、こうして対面するまで、隣に国があって人が生活している実感は湧いてこなかったけど……)

隣にあるけれど、どこよりも遠い国、それがレアリウス王国だった。

「私も訊きたいことが。第一皇子ほどの人物が、どうして護衛もろくに連れずあんなところにいらしたのです?」

「それは……我が国の皇帝からレアリウス王国の国王へ、親書と贈り物を届けるためです」

「なるほど、皇帝の代行ということですか。親書に贈り物ということは、ユシュタル皇国は我が国に友好の意志があると解釈しても?」

「も、もちろんです!」

少し声が上擦ってしまったが、変に怪しまれなかっただろうかと緊張する。

「しかし、そんな大事なものを届けるわりには身軽ですね。護衛が五人とは少なすぎませんか?」

「あまり大勢で伺うのもご迷惑かと思い、腕の立つ者を選《え》りすぐったのです。まさか野盗に襲われるとは思いもよらず……」

少人数での訪問になったのは、此度《こたび》の使節の発案者である義母の王妃ユスティラの提案だ。

ユシュタル皇国の者が大勢で関所に向かえば、すわ敵襲かと疑われかねない。敵対する意思がないことを示すには、最低限の人員で向かうべきだと進言された。

彼女の考えは尤《もっと》もではあったが、統治の行き届かない国境付近の山中に野盗や破落戸《ごろつき》が蔓延《はびこ》っていることをリシュカは知らなかった。

ユシュタル皇国側の国境沿いでああいった破落戸たちの話を聞かないのは、一山越える必要があるからかもしれない。しかもユシュタルの冬は寒さが厳しく、不作続きであるため、野盗たちも襲撃する旨《うま》みを感じないのだろう。

「野盗の件に関しては完全に私の管理不行き届きです。本当に申し訳ない。しばらく前に野盗団は壊滅させたはずだったのですが、まだ残党がいたとは」

「いえ、貴方の責任では……！」

リシュカも剣の腕に自信はある。二、三人程度ならば難なく撃退できただろうが、あれだけの集団となると地の利のない自分たちには不利すぎた。

「いま周辺の警邏《けいら》をさせているので、貴方の護衛たちも見つけたら保護するよう伝えておきましょう」

「ありがとうございます」

「好きなだけこの屋敷で療養してください。少しやらなければならないことがあるのですが、それが終わり次第、王都まで私が送っていきましょう。国王との謁見が可能かも問い合わせておきますので。親書はその手で届けたいでしょう？」

「それは助かります——あ、ですが、そこまでお手を煩わせるわけには……」

反射的に喜びかけたけれど、すぐに思い直す。ヴィルの申し出はありがたいが、これ以上の世話になることは控えるべきだろう。自らに課せられた使命を考えると、どうしても心が痛む。

「私も所用があるからお気になさらず。それにリシュカ様お一人では危険です。物盗りも心配だが、人攫《さら》いに遭う可能性もありますし」

「人攫いなんているのですか!?」

「男でも見目のいい者は狙われやすいんですよ。貴方のような容姿では格好の餌食でしょうね」

「え？」

「——まあ、知らなくていいこともあるでしょう」

「？」

ヴィルは歯切れ悪く話題を打ち切ってしまった。あまり気持ちのいい話ではないから、説明をするのも不快なのだろうか。

「ところで、うちの者には貴方が皇子だということはしばらく黙っていてもいいでしょうか？　皆、身構えてしまうでしょうから、貴族のご子息ということにさせてもらえると助かります」

「もちろん、構いません」

国交が断絶して長いとはいえ、その昔は敵対し合っていた国民同士だ。皆がヴィルのように分け隔てがなく好意的とは限らないし、過剰に気を遣われるのも望むところではない。

　そのときふと、扉を叩《たた》く音がした。

「ヴィル様、そろそろお時間です」

「わかった、すぐ行く。長居をして申し訳ありませんでした、リシュカ様」

「もう行ってしまうのですか？」

　名残惜しさから、そんな言葉が口をついて出てしまった。

「所用がありまして。また明日、様子を見にこさせてもらいます。今日のところはゆっくり休んでください。何かあればその鈴を鳴らして、使用人に云いつけてください」

「わかりました……」

「おやすみなさい、どうかよい夢を」

「……っ」

　ヴィルはリシュカの手を取り、甲に口づけを落とす。ともすれば気障《きざ》に見える仕草も、彼だと自然な行為に思える。柔らかな唇の感触の残る手を押さえながら、リシュカはヴィルの背中を見送った。

2

（何なんだろう、この気持ちは……？）

一人になったリシュカはベッドに突っ伏した。ヴィルと接していると、未知の感情が湧き上がってくる。命の恩人として好感と親しみを覚えるのは当然のことだが、それ以上の何かが混じっている気がした。

不可解なのは、さっき口づけをされた手の甲がまだ熱いということだ。あれは挨拶の一種だし、そもそも彼も自分も男だ。ドキドキするなんてどうかしている。

「彼はレアリウスの人間だというのに」

自分に云い聞かせるように呟《つぶや》くと少しだけ冷静さを取り戻す。舞い上がっていた自分を反省した。

親しみを覚えれば覚えるほど、あとが辛《つら》くなることは目に見えている。

（あまりここに長居はしないほうがいい気がする……）

この国の人間に情を持ちたくない。情が生まれれば、決意が鈍ってしまう。課せられた使命と自分の感情は切り離すべきだ。この国で自分が使命を果たすということは、この国の民に恩を仇《あだ》で返すことになる。にわかに押し寄せてきた罪悪感に、リシュカは押し潰されそうになった。

胸苦しさに横たわったまま膝を抱えていると、コンコンと控えめに扉を叩く音がした。

「は、はい、どうぞ！」

慌てて体を起こし、上掛けを整える。

「失礼します」

籐籠を手に提げ、恭《うやうや》しく頭を下げて入ってきたのは、十八歳になったばかりのリシュカよりも年若く見える少年だった。緩く波打った焦げ茶の髪に同色の瞳はぱっちりとし、彫りの深い顔立ちは、利発そうで愛嬌《あいきょう》もあった。

「キャスと申します。ヴィル様からお客様のお世話をするよう申しつかりました」

ぺこりと頭を下げる様子が可愛《かわい》らしい。

「こちらこそよろしく。私のことはリシュカと呼んで欲しい」

「リシュカ様ですね！　至らぬところもあるとは思いますが、誠心誠意お世話させていただきます。まずは包帯を替えさせてください」

キャスはそう云うと、持参した籐籠から薬瓶や包帯を取り出した。

「少し染みるかもしれませんが、我慢してくださいね。この薬、傷にすごくよく効くんです」

てきぱきと包帯を外され、湿布のようなものを剥がされたあと、頭皮に冷たいものが触れた。

「……っ」

キャスの云うように、傷に染みる薬のようだ。痛んだのは恐らく、後ろから殴られたときの傷だろう。痛みが治まるのをじっと耐えているうちに、手当ても終わる。

「あのう、リシュカ様はユシュタル皇国の方なんですよね？」

「そうだが……」

おずおずとした問いかけに、キャスの心境を慮《おもんぱか》る。やはり、ユシュタル人に対しては身構える気持ちがあるのだろう。国同士は敵対しているが、個々の人間に敵意はないと説明しようとした瞬間、キャスは興奮した様子で話し始めた。

「僕、異国の方に会うのは初めてです！　南の港街では異国の方々との交流も盛んらしいんですけど、皆さんこの辺りまではいらっしゃらないので、こんなふうにお目にかかれるなんて！」

「そ、そうか。私もこうしてキャスと話せて光栄だよ」

彼の勢いに面食らいつつも、微笑《ほほえ》みながら返す。

「ユシュタル皇国の方は、皆リシュカ様のように麗しい方ばかりなのですか？」

「は？」

想定外の問いかけに目を瞬いていると、キャスは夢心地な様子で続けた。

「こんな美しい絹のような金色のお髪《ぐし》を見たのは初めてです。長い睫毛《まつげ》も赤い唇もまるでお人形のようで、眠っているリシュカ様を目にしたとき、どこかのお姫様かと思いました」

「ひ、姫？」

目を輝かせたキャスの褒め言葉に困惑する。キラキラとした眼差《まなざ》しに、お世辞を口にしているわけではないことはわかるが、どう受け止めていいかわからなかった。

（亡くなった母上に似ているとはよく云われたけど……）

実際のところはよくわからない。以前は宮殿に何枚も飾られていた実母の肖像画だが、いまは全てしまい込まれている。そのため、リシュカの記憶の中の母の面影は曖昧《あいまい》になってきていた。

父である皇帝は、柔和な丸顔で肉づきもいい。華奢《きゃしゃ》で線の細いリシュカとの共通点は瞳の色しかない以上、皆そう云うしかないのだろうと思っていた。

「男の方だと知って本当に驚きました。お声も涼やかで、瞳もまるで宝石のよう。肌も白磁のようで……こんな美しい肌に怪我を負わせた野盗が許せません！」

出逢ったばかりのリシュカの窮状に対して憤るキャスに面食らう。

「そうかな……？　私は君のほうが可愛らしいと思うが……」

レアリウス人のほとんどが、黒髪や栗《くり》毛だと聞いている。ヴィルの艶やかな黒髪にも思わず目を奪われたが、キャスの緩く波打つ栗毛も健康的で好ましい。大きくて力強い瞳やそれを縁取る長い睫毛も神秘的で魅力的だ。

「リシュカ様はお口も上手なんですね」

「いや、その……」

本心からの言葉だったけれど、キャスにはお世辞だと思われたらしく軽く流されてしまった。

「あ、いまお食事を用意しますね！」

一旦、部屋を出て戻ってきたキャスは、寝台の上に卓を置き、食事の用意をする。そこに並べられたメニューにリシュカは目を瞠《みは》った。

「……！」

丸々とした肉団子に湯気の立つスープ。そして、そのスープの中には芋や根菜などの野菜がたくさん入っている。ユシュタルの宮殿の朝食にも匹敵するほど、豪華なものだった。

美味《おい》しそうな香りに空腹を刺激される。そういえば、丸一日食べ物を口にしていない。込み上げてくる唾液を飲み込みつつ、料理に使われた食材に驚きを隠せなかった。

「ここでは野菜が育つのか？」

ユシュタル皇国では、何年も不作が続いている。宮殿にはそれなりに蓄えがあるものの、国民は飢餓に喘《あえ》ぐ生活が続いていた。新鮮な野菜など、ここしばらくは目にしていない。

山を一つ越えただけのこの場所では、ユシュタルのように食料に困っている様子はない。

「はい、今年もたくさん収穫できました。この辺は土が痩せていて数年前までは農作物も育ちにくかったんですが、新しい栽培方法が土地に合っていたみたいで、いまは名産品もできたんです。もう少しすれば葉物も育ってくると思います」

「新しい栽培方法？」

「何でも海の向こうから伝わった最新技術とかで、ヴィル様が導入してくださったんですよ。そのお陰で、この国ではどの作物もよく育つようになりました。ヴィル様は新しい加工の仕方や保存方法の研究にも熱心なんです。本当に国の人たちは感謝してるんです」

「……君の主人は先進的な人間なんだな。それに分け隔てもない」

「そうなんです！　広げた見聞を惜しむことなく僕たちに教えてくださるんですよ」

　キャスの話を聞き、リシュカは呆然《ぼうぜん》とした。皇国では何事も祖先から受け継いだ伝統的な方法を続けることが素晴らしいという価値観がある。だからこそ、農業も昔ながらのやり方のままだ。不作に困っているからと、新たな技術を導入しようと云う大臣たちもいない。

（我が国とは全然違う……）

　皇族である自分は状況を憂うばかりで、国民を飢えから救うために自分に何ができるのかなど考えたこともなかった。

「彼には見習うべきところがたくさんある」

　レアリウス王国は、非道な王が人民に苦役を強いる過酷な国だとリシュカは教えられてきた。

　国民に圧政を敷き、過分な税を取り立て、従わない者は強制労働に駆り立てる――人々は王族たちの機嫌を損ねないよう、息を殺して生活している。そのため、人民の意識も荒廃し、狡《ずる》く卑しい人間が多いという話だった。

だが、ヴィルのような心ある人物もいたようだ。中心部が腐っていたとしても、全てが染まっているとは限らない。国境近くの僻地《へきち》だからこそ、王政からの支配も薄いのかもしれない。

もしも、彼のような人物が王位につけば、戦などしなくとも国は変わるのでは――。

（そんな夢のようなことを考えてどうする）

理想的な人物と出逢い、思わず夢想してしまったが現実はそう簡単ではないとわかっている。

「僕はこの近くの町の孤児院育ちなんですが、ヴィル様はこの砦にいらして以来、孤児院にもこまめに援助してくださって。両親の顔を知らない子たちが多いんですけど、みんなヴィル様を父親のように慕っているんです」

「自ら孤児院の支援まで？　本当に見上げた人物だな」

「ええ、ヴィルフリード様は本当に素晴らしいお方なんです」

はにかむキャス。しかし、その名前に聞き覚えのあるリシュカはぎくりとした。

「――――」

「どうかしましたか？」

きょとんとした丸い目に見つめられながら確認する。

「……いま、ヴィルフリードと云ったか……？」

「ええ、云いましたけど？」

「まさかとは思うが、彼はレアリウス王国の第二王子で国軍の最高司令官のヴィルフリード・フォン・レアリウスではないよな？」

「そうです！　あの方はヴィルフリード王子殿下です。リシュカ様がご存じとは、ヴィルフリード様のお名前は他国でも有名なんですね！」

　無邪気なキャスの返答に、すーっと全身の血の気が引いていった。ここがレアリウス王国領内だと教えられたとき以上の絶望感だった。

（そんな――）

　〝ヴィル〟という名前を聞いたときに、その可能性に思い至るべきだったが、こんな僻地にあの〝ヴィルフリード〟がいるなんて思いもしなかったのだ。

「ヴィル様はすごくお強くて、戦場で〝黒い雷鳴〟と恐れられていたそうですからね」

「黒い雷鳴？」

「僕がまだ幼い頃、西にあるクヌトルという国が攻めてきたことがあって、ヴィル様はそのときまだ将校の一人だったらしいんですけど、黒馬に乗って先陣を切り、我が国を勝利に導いたんです！　そのときの勇姿から〝黒い雷鳴〟と呼ばれるようになったって聞きました」

キャスはまるで見てきたかのように、興奮気味に語る。レアリウス王国は北は我がユシュタル、西はクヌトル、東はアムルラトに囲まれ、南は大海に面している。

実質的にクヌトルを制圧したあと、数年前までアムルラトとの小競り合いが続いていたようだが近年はそういった大きな戦の話は伝わってきてはいない。リシュカもレアリウスの司令官ヴィルフリードが、戦場では敵なしの勇猛果敢な戦士だということは伝え聞いている。

（二つ名は初めて聞いたけど……）

大剣を一振りするだけで何千何万もの兵士を薙《な》ぎ倒すとの逸話から、もっと大柄でがっしりとした体格の獣のような大男だろうと思い込んでいた。

無駄なく鍛え上げられたと思しき肉体に堂々とした威圧感も兼ね備えているけれど、ヴィルフリード本人は想像していた人物像と比べると眉目秀麗さが際立っていた。そんな想像との隔たりが彼の正体に気づけなかった要因の一つだろう。

（まさかこんなところで、早々に顔を合わせることになるなんて……）

緊張に喉が渇き、握りしめた手の平が汗ばんでくる。王都まで辿《たど》り着けば目通りが叶《かな》うだろうとは思っていたが、当人の屋敷にまで招き入れられることになるなんて想像もしていなかった。

「その、彼のことは普段から〝ヴィル〟と呼んでいるのか？」

皇国では皇族を平民が愛称で呼ぶなんて考えられない。そもそも、許可なく話しかけてはならないのだ。

「仰々しいのがお好きではないとのことで、ヴィル様と呼ぶように云われてるんです。王子と呼ばれるのを特に嫌がられるので」

「………」

「リシュカ様、顔色が悪いようですが大丈夫ですか？」

「だ、大丈夫。食事をすれば元気も出ると思う」

どうにか作り笑いを浮かべたリシュカは、曖昧な答えでごまかした。

「私はずいぶんといい部屋を用意してもらったようだが、ヴィルフリード――ヴィル様もここで生活を？」

少しでも自分の置かれている状況を把握しておきたい。手厚くもてなされてはいるけれど、自分は敵対する国の人間だ。孤立無援と云っていい。

「はい、以前は海外視察などで留守にされてばかりだったのですが、最近はこちらにおられることが多くてほっとしてます」

「いまは王国軍の司令官の任にはないということだろうか……？」

「難しいことはわからないんですけど、代理を置いてきたとか何とか云ってました」

国軍最高司令官の任務に比べたら、野盗退治が主な仕事の国境警備など児戯に等しい。ヴィルフリードにとって、ここでの生活は休暇のようなものだろう。

となると、王都にいるときよりも緊張感は薄いのではないだろうか。

「城砦の中にこんな客間があるなんて珍しいな」

「いえ、こちらは砦の中にあるヴィル様のお屋敷の一室です」

「屋敷？」

「ここは砦と云っても、一つの小さな町みたいになってるんです。東西に切り立った岩肌のある谷間に作られていて、北と南に高い壁が築かれ、その中に見張り台のある城砦やヴィル様のお屋敷だけでなく、兵舎、教場、厩舎《きゅうしゃ》、食堂や道具屋、小さな教会なんかもあります」

「それはすごいな。いまは何人くらいいるんだ？　皆が兵士なんだろうか」

　キャスから砦内の様子を聞き、好奇心が湧き上がる。

「定期的に入れ替わりますが、ここで二百人ほどが暮らしています。大半は兵士ですが、僕みたいに近くの村から働き口を求めてきた者も少なくないですね。僕らみたいなのは、食堂での調理とか馬の世話とかをして生活しています」

　なるほど、それだけの人数が生活するとなると町のようになっていくのだろう。

「兵士たちの仕事は国境周辺の見回りが主か」

「そうですね。この砦は若い兵士たちの訓練場としての役割が大きくて、戦術学なんかを教えているみたいです」

「戦術学？　兵士に教育を？」

「剣術や馬術だけではダメだというのが、ヴィル様のお考えなので。僕も空いた時間は一緒に勉強させてもらってます」

　一兵卒に教育を施すことなど、ユシュタル皇国では考えられない。意外な意識の高さに驚いた。

「このお屋敷は少し高いところに建っているので、朝になったら廊下に出て外を見てみてください。砦の中が見渡せます。この部屋からは中庭がよく見えるんですけど、いまは春の花が咲き始めたところなので、体調が落ち着いたらお散歩に行かれてみるといいですよ」

「へえ、砦の中で植物を丹精しているのか」

「綺麗《きれい》なお花だけじゃなくて、薬草も育てているんですよ。ヴィル様は本当に博識なんです」

「もしかして、彼が草花の世話を？　何だか、想像がつかないな」

「僕もお世話のお手伝いはしていますが、基本的にはヴィル様が管理しておられます」

「国境近くだというのにずいぶんと平和な暮らしだな」

「砦といっても、この辺りはしばらく戦場にはなっていませんからね。……あの、でも、リシュカ様がこうしていらしたということは、いつかユシュタル皇国の皆さんとも仲よくできるということでしょうか？」

「……いつかそうなることを、私は願っている」

　歯切れ悪くそう告げると、キャスは破顔した。

「その日が来るのが楽しみです」

彼に嘘《うそ》を告げているわけではない。けれど、いまは伝えられないことも多かった。

「僕はこれで失礼しますが、何かご用がございましたら、この鈴を鳴らしてください。後ほどお皿を下げに参ります」

「ありがとう。——ところで、彼の部屋もこの屋敷内にあるのだろうか？」

さりげなさを装って、出ていこうとするキャスにヴィルフリードの部屋の場所を確認する。

「ヴィル様のお部屋は同じ階にあります。階段を挟んで、このお部屋の対になる場所ですね。外のバルコニーでも繋《つな》がっています」

キャスはそう説明しながら、ヴィルフリードの部屋の方向を指さした。

「そうか……」

存外、近くにいるのだとわかり、にわかに緊張感が増す。

「きっと、またすぐに様子を見にきてくださると思いますよ。ヴィル様は心優しい方ですから」

「は？　いや、そういうわけでは……っ」

誤解を解く間もなく、キャスは部屋から出ていってしまった。釈然とはしないが、勘違いされたままのほうが都合がいいかもしれない。

リシュカはため息を一つついたあと、畳まれた衣服の上に手を伸ばした。

3

「お呼びですか、義母上《ははうえ》」

「待っていましたよ、リシュカ様」

　国交回復の交渉役として出立を目前に控えたリシュカを柔らかな微笑みと共に出迎えたのは、第二皇妃であるユスティラだった。

　卵型の細面を飾るのは深い湖のような藍色の瞳になだらかな柳眉、そして真っ赤な紅が引かれた厚い唇。

　豪奢な赤毛は見事に結い上げられ、顔の脇に垂らされた後れ毛が儚《はかな》さも醸し出している。零《こぼ》れ落ちそうな乳房にキツく締め上げられた細腰も相変わらず見事だった。

　その美貌にも拘《かか》わらず、彼女には奢《おご》ったところがまるでない。誰に対しても慈しみ深く、博識で、皆から好かれる人格者だ。

　ユスティラは第一皇妃であるリシュカの実母が亡くなって以来、本当の母のように彼を育ててくれた。

　寂しさで泣く幼いリシュカを抱きしめてくれたのも、皇子としての作法や立ち居振る舞いを教えてくれたのも彼女だ。

「今日はどういった……？」

　呼び出された理由がわからない。出立を前に励ましの言葉をかけてくれるのだろうか。

「内密にリシュカ様にご相談したいことがあるのです」

「僕に相談ですか？」

「レアリウス王国の状況はリシュカ様にも以前お話ししましたよね？」

「はい、王族による圧政と重い課税に国民が苦しんでいるとか……」

　そのお陰で王都などの中心部は栄えているけれど、搾取されている周辺地域の民は苦しい生活を送っているのだとユスティラから聞いている。

　長年断絶していた隣国との国交を再開したいという計画が持ち上がったのは、国内の不作や停滞した経済に風穴を開けるためというのが第一の理由だが、彼《か》の国に外部の目が入ることでレアリウスの国民を救えるのではという希望を、父である皇帝が抱いているからという話だった。

「風の噂《うわさ》で伝え聞く民の境遇に、隣国のこととは云え、陛下は強くお心を痛めておられます。人一倍、正義感の強いお方ですから……」

「必ずや国交が再開できるよう力を尽くしたく思います」

「もちろん、改めて国交が結べれば少しずつ状況は改善していくでしょう……。ですが、それでは遅いのです」

「どういうことでしょう……？」

「彼の国の窮状は切羽詰まっているとのこと。民たちを救うには、いますぐ行動を起こす必要があるのです。陛下はそのことでずっと悩まれておいでです」

「いますぐというのは、戦をするということですか？　父上がそんなことを考えておられるなんて信じられません」

「陛下はお優しい方ですから、はっきりとはおっしゃられません。もちろん戦を望んでいるわけでもないでしょう。ですが、最善の策を選ぶとしたら……」

「――――」

　言葉を濁していたが、ユスティラの云いたいことが、リシュカにはわかった。

　ユシュタル皇国が戦でレアリウス王国を制圧できれば、すぐに民を圧政から解放することができる。だが、それは勝利できればという話だ。

「彼の国の軍隊には、勇猛果敢で名の知れた司令官である第二王子のヴィルフリードがいます。こちらの戦力が数で勝っていても、あの男がいる限り勝利を得るのは簡単なことではないでしょう。戦場であの男を排するのは至難の業。ですが、戦場の外でなら――」

「僕ならその機会があるということですか……」

「そう……！　そのとおりです。まずは親書を携えて、王都へと向かいなさい。レアリウス国王への謁見が叶えば、王城に招き入れてもらえるはず。そこで隙を見てヴィルフリードを探すのです。上手く接近することができれば、亡き者にできるでしょう。王子を殺された混乱に乗じて攻め入れば、我が国の勝利は間違いありません」

　確かにユスティラの云う方法なら、ヴィルフリードの暗殺も不可能ではない。

「これはリシュカ様にしか成し得ないこと。陛下も望まれてのことです。どうぞこれをお持ちください」

「これは……？」

　ユスティラから手渡されたのは、懐に収まるほどの大きさの短剣だった。

「一刺しで命を奪うことができる毒が塗ってあります。これを使えば、容易に相手を屠《ほふ》ることができるでしょう」

「毒、ですか」

　ユスティラが本気であることが、よくよく伝わってきた。念には念を、ということだろう。

　その使命を果たせば、二度とユシュタルの地を踏むことはできないかもしれない。だが、この命を国のため、父のために役に立てることができるのなら――。

「どうか、陛下の助けになっていただけますか？」

「――父上のためなら、どんなことだってやり遂げてみせます」

幼い頃に見た、父王の優しい笑顔を思い浮かべながら、リシュカはそう宣言した。

*

「……夢か」

皆が寝静まるのを寝台の中で待っていたら、ついうとうととしてしまったようだ。いまの夢はリシュカが出立する前日のできごとだ。

義母ユスティラから使命を伝えられると同時に、短剣を渡された。枕の下に入れていたそれにそっと触れる。

(――父上)

腹違いの弟が生まれた頃から、リシュカは父に声をかけられることがなくなった。公的な行事では横に並ぶことはあるけれど、会話を交わすどころかほとんど視線を向けられることはない。

幼い頃はリシュカを膝の上に乗せ、色んな話を聞かせてくれていた。亡き母との思い出や皇帝としての夢や理想――父の言葉は一言だって忘れたことはない。

父が自分から距離を取るようになった理由はいまでもわからない。気づかないうちに、取り返しのつかない失態を犯してしまったのだろうか。

そんな自分たち親子の仲を、ユスティラはずっと取り持とうとしてくれている。きっと、今回の使節の件も彼女がリシュカに名誉挽回《ばんかい》の機会を与えるため、父に推薦してくれたに違いない。

リシュカは柱時計の針が天辺《てっぺん》を越したところで、そっと起き上がる。すぐ脇にある机の上に置いてあった服に着替えると、気持ちが引き締まった。

枕の下から小刀を取り出し、服の内側に忍ばせる。頭に巻かれた包帯を外し、殴られた部分にそっと触れる。キャスが貼ってくれた湿布のお陰で腫れはほとんど引いていた。

（……ごめん）

無邪気で人懐こいキャスの顔を思い出し、罪悪感で胸が締めつけられる。リシュカは躊躇いを振り払おうと、左右にかぶりを振ってから寝台を抜け出した。

一旦は靴を履いたものの、足音が立つことがわかり素足になった。

靴は脇に抱え、部屋を出る。日中は暖かくなってきたとはいえ、夜になると一気に冷え込む。足の裏から伝わってくる冷たさに、リシュカはぶるりと体を震わせた。

これは千載一遇の好機だ。もっと敵情視察をしてから実行することも考えたけれど、相手のことを知れば知るほど、怯《ひる》んでしまいかねない。

無事に国に帰れないだろうことは覚悟していたけれど、いまなら皇国に戻ることも可能だ。事態に気づかれる前に国境を越えればいいのだから。

ヴィルフリードは今日一日、リシュカのところに顔を出すことはなかった。キャス曰く、野盗狩りに出たとのことだ。もし彼と顔を合わせていたら、平静を取り繕えなかっただろう。

「…………」

リシュカの心には迷いが生まれていた。本当に自分にできるのか。いまになって不安が込み上げてくる。

(できるかどうかじゃない、やらなきゃいけないんだ)

リシュカは自分を叱咤し、奮い立たせる。命を賭《と》してでも名誉を挽回し、父に見直してもらいたい。

(父上と直接話ができたらよかったのに……)

父がリシュカを信じて託してくれた今回の〝大任〟は、何としてでも果たすつもりだった。

リシュカの知る父は戦を憎んでいた。勝っても負けても、国も民も疲弊する。だから、自分が皇位にある間は絶対に戦はしないと、幼いリシュカに云い聞かせていたことをよく覚えている。

それでもいま戦を望むのは、よほどの苦渋の決断に違いない。

「……っ」

首を振り、心細さを振り払う。

(……何を日和《ひよ》ってるんだ)

自らを奮い立たせて部屋の外に出ると、石造りの廊下が続いていた。灯《あか》りはなかったけれど、暗闇でじっとしていたため、窓から差し込む月明かりで十分周囲が見える。

左右に視線を巡らせたリシュカは、思わず眉根を寄せた。

（この屋敷は警備もいないのか？）

地方の一貴族程度ならわかるが、仮にも第二王子だというのに警戒が甘すぎるのではないだろうか。皇国からの侵攻を想定していなくても、周辺にはああして野盗がいるのだ。

廊下の窓から外を見てみると、国境門の脇にある見張り台がよく見えた。あちらからリシュカの姿は見えないだろうけれど、念のため用心する必要がある。窓から離れ、足元の冷たさを堪えながら忍び足で進んだ。

（ここがヴィルフリードの部屋だな……）

階段を通りすぎ、客間と対になった部屋の前に立ったリシュカは深呼吸をした。

「！」

ゆっくりと取っ手を回し、押してみる。不用心なことに、個室の鍵はかかっていなかった。

廊下側から入れなかった場合、バルコニーに回ってみるつもりだったが、そんな必要はなさそうだ。こちらとしては楽でいいが、自分の立場をわかっているのかと呆《あき》れてしまう。

そっと開けた扉の隙間から、部屋の中へと体を滑り込ませる。抱えていた靴をそっと床に置き、室内を見回す。家具や寝台の位置は、リシュカの寝ていた客間とほぼ同じだった。

（いた）

暗闇に包まれた室内に微かな寝息が聞こえる。リシュカは寝台で眠っているヴィルフリードを見つけ、小さく息を呑《の》んだ。

「――――」

緊張で呼吸が浅くなりそうになるのを必死に堪える。小さく深呼吸をし、寝息を立てているヴィルフリードを見下ろした。心臓が恐ろしいくらいに早鐘を打っている。背中にじっとりとした脂汗が浮いてきたけれど、そのまま息を殺して忍び足で歩み寄った。

腰に忍ばせた短剣を取り出し、逆手に握る。出立の日にユスティラから渡されたこの短剣は、小ぶりだが刃は鋭く、細い溝が掘られている。傷が浅くても致命傷になるよう、毒薬が塗ってあるとのことだった。

人を殺すのは、これが初めてだ。他者の命を奪うという行為に、リシュカは内心怯《おび》えていた。腕に覚えはあっても、実践に臨んだことはない。

だからといって、ここまで来て逃げ出すなどということは絶対にできない。意を決し、人型に盛り上がった上掛けの心臓部分を目がけて短剣を振りかぶった。慈しむような彼の眼差しを思い出す。

躊躇いを振り払い、短剣を振り下ろそうとしたその瞬間――。

「うわっ!?」

ばさりと上掛けを跳ね上げられ、視界を遮られる。何が起こったか理解できないうちに短剣を奪われ、眠っていると思っていたヴィルフリードにあっさりと押さえ込まれた。

「リシュカか？」

その声は、たったいままで深く眠りについていた者のそれではなかった。

「まさかとは思うが、私を殺しにきたのか？」

「……離せ」

投げやりなリシュカの言葉に、ヴィルフリードは声を立てて笑う。彼は命を狙われたというのにどこか楽しげだ。

「夜這《よば》いに来たのかと思っていた」

「そんなわけないだろう！」

「それは残念だが、本当に私を暗殺する気はあったのか？　殺気の欠片《かけら》もなかったが」

「……ッ」

殺気が感じられなかったとしたら、それはリシュカの躊躇いのせいだろう。心を決めたつもりではあったけれど、迷いが生じていた。

「しかし、助けた相手に命を狙われるとは」

「僕だって、殺す予定の相手に助けられるなんて思いもしなかった」

「殺す予定？　親善大使というのは嘘だったのか」

「それは――」

リシュカは、ヴィルフリードの追及に目を泳がせる。

「誰の命令でこんなことをする？」

「……僕の独断だ」

出任せを口にする。皇子であるリシュカの独断だとしても、国としての責任を問われないという確証はないけれど、自分が罰せられるだけですむかもしれない。

「ほう、君の独断か。国交を回復させるより先に人殺しをしにきたということか。見かけによらず血の気が多いんだな」

「何とでも云うがいい」

「度胸だけは褒めてやる。だが、黙って見過ごすわけにもいかないな。男の寝床を襲うなんて相応の覚悟の上だろう？」

「煮るなり焼くなり好きにしろ……！」

失敗したのだ。リシュカは死を覚悟した。投げやりに告げ、四肢を投げ出す。こんなに呆気《あっけ》なく終わるとは。

(父上、不甲斐《ふがい》ない僕をお許しください)

死ぬとわかっていたら、無理にでも出立の前に話をしてくればよかった。どんな言葉でもいいから父の声を一言でも聞いておきたかった。

リシュカはぎゅっと目を瞑る。

「潔いな。いい心がけだ」

体に感じていた重さが消え、仰向《あおむ》けにされた。閉じた瞼《まぶた》の裏に明るさを感じ、ランプに火がつけられたことがわかる。

(死に顔が見たいだなんて悪趣味な男め……!)

心の中で悪態をついていたリシュカの唇に、不可解な感触が押し当てられた。

「!?」

思わぬ事態に目を見開いた。ヴィルフリードはリシュカの唇を自分のそれで覆い、キツく引き結んでいた唇の間から舌を捻《ね》じ込んでくる。

「んん、ん、んー……っ」

口の中を舐《な》められるだけでも衝撃的なのに、ヴィルフリードはリシュカの口腔《こうこう》で傍若無人に暴れ回った。嬲《なぶ》られた舌は甘く痺《しび》れ、上顎を擽《くすぐ》られてはぞくぞくと背筋が震える。

(口づけられてる……!?)

そう認識できたときには、体に力が入らなくなっていた。唇と歯列の間を舐められ、喉の奥が鳴る。

「んぅ」

自分を暗殺しようとした男に口づける意味がわからない。しかも、舌を入れてくるなんて噛《か》み切られる危険性を考えていないのだろうか。

（そうだ、この舌を噛み切ってやれば――）

暗殺方法に指定はない。命を奪えればそれでいい。そう思い、口の中を掻き回すヴィルフリードの舌に歯を立ててやろうとしたけれど、上手く力が入らなかった。

「んぁ、ン、んんっ」

ヴィルフリードの舌の動きは巧みで、未知の感覚を呼び覚ました。認めたくはない。けれど、リシュカの体は確かに快感を覚えていた。

（こんなのが気持ちいいなんて……）

口の中が溶けてしまいそうだ。あまりの気持ちよさに、まともな思考が奪われていく。もっとこの心地よさを味わっていたいとさえ思ってしまう。

「あっ……」

唇が離れていった瞬間、名残惜しささえ感じた。至近距離で目にするその容貌に改めて見入ってしまった。

（睫毛が長いんだな……）

長く黒い睫毛に縁取られた伏し目がちな瞳はミステリアスで憂いを含んでいるように見える。まるで磨かれた黒曜石が収められているようで、いつまで見ていても飽きない。

「そんなによかったか？」

「……っ!?」

くっくっと笑われ、はたと我に返る。束の間《つかま》でも快感に溺れていた自分が恥ずかしくなった。

「い、いいわけないだろう！　どういうつもりだ!?」

「どうって、好きにしていいと云っただろう。寝所に飛び込んできた獲物をいただかないでどうする」

「好きに殺せという意味で云ったんだ！」

暗殺に失敗したということは、勝負に負けたようなものだ。ヴィルフリードはリシュカに対して生殺与奪の権利がある。

つまり、何をされても文句は云えない。だが、口づけをしてくるなんて誰が予想するというのか。

「死にたかったのか？」

「誰もそんなことは云っていない。殺されてもやむを得ないというだけだ」

「だったら、何をされても文句を云う筋合いはないんじゃないか？」

「……っ、僕は男だぞ」

「人を好きになるのに性別は関係ないだろう？　気持ちのいいことなら尚更《なおさら》だ」

「は？」

ユシュタル皇国では、交際するのも結婚するのも異性同士だけだ。

「君を殺す気はない。殺される覚悟があるなら、私に抱かれたっていいだろう？」

「……！」

ヴィルフリードの宣言に、カッと顔が熱くなる。性行為の経験がなくても、『抱く』ということがどういう意味なのかはわかる。

彼はリシュカを殺す代わりに辱めるつもりなのだ。このまま抱かれるくらいなら、自ら命を絶つべきかもしれない。意を決し、舌を噛もうとしたけれど、口の中に指を突っ込まれた。

「んぐ！」

「噛み切ったところで簡単には死ねないぞ。私はのたうち回って苦しんだ上に、死に損ねた男を知っている」

「!?」

脅し文句に怯んだ瞬間、強引に開かされた足の間に腰を押し込まれた。石のように硬くなったものが布越しに触れた。

ヴィルフリードが自分に欲情しているのだとわかり、全身の血液が一気に沸騰する。

「や、やめ……」

「好きにしていいんじゃなかったのか？」

「……っ」

男に二言はない。約束は違《たが》えるなと育てられた。金縛りにあったかのように体を固くし、歯を食い縛る。きっと、ヴィルフリードはリシュカが泣き叫ぶのを期待しているのだろう。絶対、反応してやるものかと心に誓う。

「いい子だな。ご褒美に死にそうなくらい気持ちよくしてやる」

耳元での囁《ささや》きに力が抜ける。ヴィルフリードの声はまるで魔法のようだ。殺そうと思っている敵のはずなのに、何故か云うことを聞いてしまう。

（何で、こんなことに——）

いつか妻を迎え、肌を重ねる日が来るだろうと思っていた。けれど、こんな形で自分が誰かに抱かれることになるなんて思いもしなかった。耳たぶ、首筋、鎖骨とヴィルフリードの唇が伝っていく。柔らかな唇と温かな吐息の感触に、背筋がぞわぞわと震えた。

「んっ」

皮膚の薄い部分を強く吸い上げられ、小さな痛みが走る。着衣の下に潜り込んできたヴィルフリードの手が、リシュカの肌を傍若無人に撫で回す。

幼い頃は使用人に体を洗われ、服を着せられていた。他人に触れられることには慣れているけれど、こんなふうに性的な意図を持って触られるのは初めてだ。

「っあ！」

胸の先に指が当たった弾みに、上擦った声が上がった。自分のあらぬ声が居たたまれず、赤面しながら唇を嚙み締める。

（いまのは何だ!?）

硬く尖《とが》ったそこを指先で捏《こ》ねられ、ぞわぞわとした感覚が迫《せ》り上がってきた。歯を食い縛っているのに、どうしても喉が鳴ってしまう。

「ん、ン、や、あ……っ」

首筋を吸い上げる唇も、肌を探る手の平の動きも、乳首を撫でられる擽ったさもリシュカの体を甘く震わせる。

「ここが好きみたいだな」

「うあっ、そん、なの、知らな……っ」

乳首を強く抓《つね》られ、びくっと体を跳ねさせた。口では否定しているのに、体はされるがままに反応してしまう。四肢に力を入れるが、意志の力ではどうにもならなかった。

「これから覚えていけばいい。こうされると気持ちいいだろう？」

「やっ、あ、あ、あ」

リシュカは必死に首を横に振る。これは性行為ではない。抵抗はしていなくても、望まぬ行為である以上暴力だ。だからこそ、嫌悪感を覚えて然《しか》るべきなのに、感じてしまっている自分がいた。

(こんなのおかしい)

ぐっと四肢に力を入れているけれど、ヴィルフリードの指使いはリシュカを確実に追い詰める。合意の上ではないのに、殊更丁寧に触れてくるからいけないのかもしれない。

経験はないけれど、愛されていると勘違いしてしまいそうなくらい優しい手つきだった。

「もっと乱暴にすればいいだろう……!」

「無理強いは趣味じゃない」

「これが無理強い以外の何だと——」

「意に染まなくても合意はしてる。気持ちよくしてやると云っただろう?」

「そんなの詭弁《きべん》——っあ、ん、あ……っ」

衣服を捲《まく》り上げられ、乳首を舐められる。散々指で弄《いじ》り回されていたそこに生温かく濡れたものを感じ、また高い声が出てしまった。キツく吸い上げられると、そこが痺れたようになる。そのせいで過敏になり、軽く歯を立てられるだけで酷《ひど》く感じさせられた。

「やだ、あ、あっ」

下履きの上から股間を膝で刺激される。リシュカのそれは知らぬ間に兆し、硬くなっていた。

体の反応は意志の力ではどうにもできない部分がある。そうとわかっていても、欲情してしまっている自分が恥ずかしかった。

「これのどこが嫌だって？」

「……っ！」

下着の中に手を入れられ、昂《たかぶ》った自身を握り込まれた。ヴィルフリードはやはりリシュカを辱めようとしているのか、その形をなぞるように指を動かす。

直《じか》に皮膚が触れ合う感触が恥ずかしくて、さらに体温が上がる。ヴィルフリードの長く太い指が、いやらしく絡みついてくる。緩く擦《こす》られると、十分硬いそれがさらに張り詰めた。

「や、やめ……っ」

名状《めいじょう》しがたい感覚にかぶりを振った。敏感なその場所を無遠慮に扱《しご》かれ、切羽詰まった感覚が込み上げてくる。どうにかやり過ごそうと、ヴィルフリードの腕に摑《つか》まり爪を立てた。

「……もしかして初めてか」

「～～ッ」

泣きたいような気持ちを堪えていたら、しげしげと顔を覗《のぞ》き込まれた。

「まさかとは思うが、女とも経験がない？」

「……婚姻前に肉体関係を持つのは不誠実だろう」

貴族の中には大勢と浮き名を流す者もいる。だが、ただ快楽のために体を重ねることも口だけの愛を囁くことも褒められたことではない。

「そうか」

「ひぁっ」

先端の窪《くぼ》みを爪の先で抉《えぐ》られ、背中が弓なりに撓《しな》る。敏感な場所を刺激され、リシュカの喉から上擦った声が上がった。

「濡れてるのがわかるか？」

「云う…な……っ、あ、あ、あ！」

裏側を強く擦られ、びくびくと腰が跳ねる。擦る動きが速くなる。強く扱き上げられ、限界が近づいてきたそのとき――。

「うあっ」

ヴィルフリードはリシュカの屹立《きつりつ》をキツく握る。膨れ上がった欲望の行き先を失い困惑した。そして混乱の中、下衣を全て剝ぎ取られたかと思うと、膝を立てさせられる。

「な……!?」

油灯《ゆとう》の明かりに反り返った自身が照らし出されていることに気づき、慌てて膝を閉じようとしたけれど、ヴィルフリードは小さく笑う。

「いまさら何を。君の裸は着替えさせるときに目にしている」

ヴィルフリードはそう云いながら体を屈《かが》めた。

「何を――」

ぎちぎちに張り詰めたリシュカの屹立は、ヴィルフリードの唇に呑み込まれていった。

「や、やめ……そんなところ、きたな――」

一番敏感な場所を口腔に含まれる感覚に、神経が焼き切れてしまいそうになる。

「いや、だめ、はなして、や、いや、あっ、あ」

厚みのある形のいい彼の唇に自分のものが食べられている光景は、未経験だったリシュカには刺激が強すぎた。

音を立てて舐めしゃぶられ、あられもなく喘いでしまう。絡みつく舌の動きは的確で、強すぎる快感が怖かった。これ以上、感じさせられたら頭がおかしくなってしまう。

じゅっと吸い上げられた瞬間――。

「あー……っ」

リシュカは、ヴィルフリードの口の中に吐精してしまった。びく、びく、と下腹部を震わせるのに合わせて、さらに吸い上げられる。ヴィルフリードは口の中のものを嚥下《えんか》し、唇の端でにやりと笑う。

「早いな」

初めての強烈な体験に頭の中が真っ白になり、揶揄《やゆ》の言葉も素通りしていく。もう、このまま意識を手放してしまいたい。そんなリシュカの願いは、呆気なく打ち砕かれた。

「!?」

尻の間にぬるぬるとしたものを感じ、我に返る。ヴィルフリードは油灯の油を掬《すく》った指で触れてきた。困惑しているうちに窄まりに指先を押し込まれた。そのままリシュカの中に指を進めてくる。

「な、何をして――!?」

「準備だ。男を抱くときはここを使うと知らないのか？」

何に、と聞こうとしたけれど、指が抜き差しされ言葉が紡げなくなる。

「あ、や、あ、あ……っ」

体の内側を擦られる奇妙な感覚が込み上げてくる。ヴィルフリードの言葉の意味がわからず考えようとするけれど、頭が上手く働かない。

すっかり息が上がった頃、後ろから指が引き抜かれた。名残惜しさを覚えはしたけれど、責め苦から解放されてほっとした。肩で息をして呼吸を整えていたら、ヴィルフリードはシャツを脱ぎ捨てた。

「……！」

リシュカは、露《あら》わになったヴィルフリードの体に目を瞠った。鍛え抜かれた肉体には、数多《あまた》の傷跡が刻まれていた。それだけでも歴戦の戦士なのだとわかる。

（どれだけの戦場にいたんだろう……）

将軍であるのに前線に出ているというのは本当のことらしい。皇国では、軍隊の将は最後方に控えているものだ。前線に出れば出るほど、命の危険に晒《さら》される。それだけ自信があるのか、無謀な性格なのかはわからない。

「……っ」

ヴィルフリードは下衣を下着ごと押し下げ、自身の昂ぶりを露わにした。彼の凶暴に猛《たけ》った屹立を目《ま》の当たりにし、リシュカは息を呑む。自分のものとは違う、大人のそれだ。

「――――」

「そんなに見つめるな」

「え？」

視線に気づいたヴィルフリードは苦笑いを浮かべる。

「大丈夫だ」

「大丈夫って――嘘、そんなの無理……！」

不意に彼が何をしようとしているかわかってしまい混乱する。まさか、という気持ちはあるがそれ以外は考えられない。

「心配ない、散々慣らしただろう？」

「嫌だ、離せ、離せ……っ」

ヴィルフリードは逃げようとしたリシュカの足首を摑んで引き戻し、左右に足を押し開いた。

「や……っ」

足を折りたたまれ、押さえ込まれる。太股《ふともも》の柔らかい部分に、彼の固い指が食い込んだ。さっきまで掻き回されていた場所へ、硬くて熱いものを押し当てられた。

「いや、無理、やだ、や、あ——」

押し当てられた昂ぶりの先が強引に入ってきた。無理だという気持ちとは裏腹に、リシュカの体は彼の欲望を難なく呑み込んでいく。

「や…うそ……」

待ちわびていたと云わんばかりに、内壁が侵入してきたそれにねっとりと絡みつく。

「……あ、あ、あ……っ」

ドクドクと脈打つ熱くて硬いものが、容赦なく奥へと進む。ヴィルフリードの屹立は根元まで入り込んでしまった。内壁から伝わる熱さで溶けてしまいそうだ。

「すごいな、初めてだとは思えない」

「ひぁっ」

繋がった場所を指でなぞられ、できる限り意識しないようにしていたのに、そこに力が入ってしまう。リシュカの体は穿《うが》たれた彼の欲望をキツく締めつけた。

「力を抜け」

ヴィルフリードはリシュカの腰を摑み直し、自分のほうへと勢いよく引き寄せた。

「――っぁん！」

乱暴に突き上げられ、自分のものとは思えないような甘い声が押し出される。咄嗟に手で口を覆ったが、両手首を摑まれ、頭の横に押さえつけられた。

「顔を見せてくれ」

「……っ、あ、あっ、あ！」

穿たれ、喘いでいる顔など見られたくない。なのに、腰を繰り返し送り込まれ、悲鳴じみた声が上がる。硬く張り詰めた男の昂ぶりに貫かれ、繰り返し穿たれる。こんなこと苦痛なだけのはずなのに、あられもない声が止めどなく零れ落ちる。

（気持ちよくなんてない）

必死に否定しているけれど、体の内側を擦られるたびに体中が甘く震える。

「あっ、あっ、あ！」

奥に当たるたびに先端からとろりとした体液が溢《あふ》れ出す。終わりのない抜き差しに、お互いの境目がわからなくなってきた。体が半分浮き上がったリシュカの中を掻き回すように、ヴィルフリードは抜き差しを繰り返した。抉るような突き上げに、言葉にならない快感が走り抜ける。

「もおやだ、や、何で……!?」

さっき達したばかりなのに、荒々しく揺さぶられてまた感極まってくる。

内壁はうねるようにひくつき、責め立てるそれにいやらしく絡みつく。最奥に切っ先が当たるたび、リシュカの屹立の先から白濁した滴が溢れ出す。

「あっ、あ、あ、あ、だめ、あっ、ああっ」

激しい律動に追い詰められ、背筋を快感が駆け上ってくる。快楽に溺れ、もう何も考えられない。このまま頭がおかしくなってしまいそうだ。

「出る、出ちゃ……っ」

「少し我慢してくれ。私の動きに合わせられるか？　そうだ、上手だな」

云われるがままに体を任せる。リシュカを導きながら、ヴィルフリードも幾分苦しそうな顔をしていた。二人の動きが快感を高めていく。

「あっ、あっあ、あ、もう――」

「……っ」

これ以上は無理だ。リシュカが二度目の絶頂を迎え、白いものを自らの腹部に吐き出すと同時にヴ

イルフリードも息を詰める。ドクドクと熱いものが体の奥に注ぎ込まれる感覚に、自分の中で彼も果てたのだと知った。

「よくできた」

絶頂の余韻で意識が薄れている中、優しく頭を撫でられる。腹立たしいくらいに、その手の平は心地よかった。

4

（――殺してやる）

目を覚ました瞬間、脳裏に殺意が過《よぎ》った。

繰り返し抱かれて意識を失い、気がついたらこうして朝になっていた。

体中に色んな感覚が残っている。肌の上を滑る手の平の温度、食い込む指の強さ。背筋のざわめきに体の奥の疼《うず》き――そして、言葉にならないほどの快感。

意外なことに、痛みはほとんど覚えがない。強引に体を繋げられはしたけれど、圧迫感があっただけだ。腕に爪を立てられたヴィルフリードのほうがよほど痛かっただろう。無自覚だったけれど、微かでも意趣返しができたことにほんの少しだけ溜飲《りゅういん》が下がる。

「……あの男はどこに行った？」

怒りと羞恥、そして屈辱に身悶《みもだ》えていたけれど、ふと我に返った。体を起こして室内を見回すが、人の気配はない。

「ん？」

自由の効く四肢に戸惑いを覚える。あんなことをしたのに、拘束もされておらず見張りもいないなんてリシュカには考えられないことだった。

（何を考えてるんだ……？）

この部屋に鍵をかけてあるのかもしれないが、それで十分だとでも思っているとしたら、人を舐めるにもほどがある。

だが、いつまでもリシュカを好きにさせておくとは思えない。取り調べがすめば、どこかに監禁されることになるのではないか。レアリウス王族の人間は、非道な性格をしているのだ。すでに辱めを受けているが、あれだけですむわけがない。

「……っ」

昨夜だって、肉体的な苦痛は与えられないまでも、自尊心はズタズタにされた。

殺す気はないと云っていたけれど、この上さらに殺されたほうがマシだと思える仕打ちをされるかもしれない。最悪のことを考え、恐怖で震えが走った。

昨日のヴィルフリードの話から推察すると、現段階のレアリウス王国には皇国への敵意はないようだ。だが、ユシュタル皇国第一皇子リシュカによる第二王子暗殺未遂が王都にまで知らされれば宣戦布告とみなされる可能性はある。

いまは彼の姿はない。逃げ出すなら、いましかない。だが、あれだけ虚仮《こけ》にされておめおめと逃げ帰ることなど、リシュカにはできなかった。

（いまさら死を恐れてどうする……！）

自分を叱咤し、顔を上げる。殺される覚悟はとうにした。すでに一度死んだようなものだ。命を懸けてでも、せめて一矢報いてやりたい。彼がこの部屋にきたときがいいだろう。リシュカを捕らえるために兵士を引き連れてくるはずだ。

彼のように傲慢な自信家なら、一番先に部屋に入ってくるに違いない。油断しているところに奇襲をかけようと、何か武器になるものはないかと室内を見回した。

暖炉の上に火かき棒が置いてあることに気づく。身に着けていたものが見当たらなかったため、リシュカは上掛けを体に巻きつけて寝台から降りた。

「痛っ」

あらぬ場所に痛みが走る。傍若無人に掻き回されたそこには、まだ何か入っているような感覚が残っていた。

（されたことなんて思い出すな）

かぶりを振り、蘇りそうになる余計な記憶を払いのける。気を取り直し、火かき棒を手に取った瞬間、部屋の外からこちらに近づいてくる足音が聞こえてきた。

（……来た）

リシュカは息を殺し、扉の脇に身を忍ばせる。これが最後の機会だ。心臓が口から飛び出そうなくらい激しく鼓動を刻んでいる。火かき棒を振りかぶったところで取っ手が回り、扉が内側に開いた。

「いつまで寝てるつもり――」

「……ッ」

一発で仕留められるとは思えないが、この距離で逃がしはしない。部屋に入ってきたヴィルフリード目がけて、力一杯火かき棒を振り下ろした。

「!?」

全身の力を込めたにも拘わらず、ヴィルフリードは火かき棒を難なく片手で受け止めた。

(動かない……!?)

片手で摑まれているだけなのに、火かき棒はびくともしない。

「油断も隙もない」

「は、離せ……!」

「粘り強さは褒めてやる。昨日よりは殺気が籠もっててよかったが、如何《いかん》せん格好が無防備すぎるな。それじゃ腰に力も入らないだろう」

「!」

体に巻きつけていた上掛けが腰までずり落ちていた。リシュカは火かき棒から手を離し、慌ててそれを引き上げる。

「僕に近づくな」

じりじりと後退し、ヴィルフリードからできる限り距離を取った。

「ずいぶんな態度だな。昨日は私の下で可愛く喘いでたのに」

「……っ」

明け透けな言葉にかあっと顔が熱くなる。昨晩の自分の痴態を思い出すと、羞恥で死にそうだった。

「正直云って、あんなによかったのは初めてだ」

「～っ、絶対に殺してやる！」

「それはもう聞いた」

自分の記憶だけでなく、ヴィルフリードの記憶を抹消できたらどんなにいいだろう。

（やっぱり、殺すしかない）

そうすれば、何もかも解決する。本来の使命も果たせ、屈辱も拭えるのだから。

憎しみを新たにしていたリシュカだったが、ふと違和感に気がついた。

「……部下は連れていないのか？」

リシュカは夜の闇に乗じて、ヴィルフリードを暗殺しようとしたのだ。衛兵に捕らえられるのが筋だ。なのに、彼の周囲には誰もいない。暗殺者の元に一人で戻ってくるなんて、無警戒にもほどがある。

「何故、部下が必要なんだ？」

「僕は君を殺そうとしたんだぞ！　咎人《とがにん》として捕らえるべきだろう！」

怪訝《けげん》な顔をするヴィルフリードに声を荒らげる。本来、リシュカが云うべきことではないのだが、思わず諭してしまった。

「なるほど、一理あるな」

一理どころの話ではない。自分の立場というものを考えているのだろうか。

「僕に君を傷つけることなどできないと舐めているのか」

現に昨夜は簡単に押さえ込まれてしまった。こちらに油断があったとはいえ、腕力の差は歴然だ。

「そんなことはない。身一つで敵国の将を討とうとした度胸には恐れ入っている」

「やっぱり、バカにしてるじゃないか！」

敬意の欠片もない口調に、苛立《いらだ》ちが抑えきれない。しかし、ここで挑発に乗れば敵の思うつぼだ。

深呼吸をして、改めて考えを聞いた。

「……これから僕をどうするつもりだ？」

「そうだな、どうしたものか決めかねている。君はどうして欲しい？」

思案顔になったあと、逆にこちらに質問してくる。

「貴様、人を揶揄《からか》っているのか！」

咎人自身に処遇を決めさせるなど聞いたことがない。冗談も休み休み云って欲しい。苛立ちのあまり声を荒らげると、ヴィルフリードは楽しげに笑い声を立てた。

「少なくとも体の相性はよかったし、私のものにならないか？」

「……ッ、ふざけるな！」

相性と云われ、ぶわっと全身がざわめいた。

「本気なんだがな」

「そんなものになるくらいなら自害する」

「交渉決裂か。まあ、いい。まずは服を着たほうがいい。そのままでは風邪を引くぞ」

「……っ」

ヴィルフリードの言葉に、自分が全裸のままだったことに気づき赤くなる。何かを放り投げられ、咄嗟にそれを胸に受け止めた。渡されたのは、レアリウス王国風の衣服だった。

「これは僕の服じゃない。着ていたものはどこだ？」

「いまキャスに洗濯させている。汚れたからな」

「え？」

汚れた理由を思い出し、泣きたい気持ちになった。そんなものを純真無垢《むく》な少年に洗濯されているかと思えば死にたくなる。

「いつまでも目を覚まさないから、体も拭いておいた。すっきりしているだろう？」

「!?」

そういえば、散々陵辱《りょうじょく》され、汗やそれ以外のものでベタベタだった体がすっきりと身綺麗になっている。意識のないうちに世話を焼かれたことがまた屈辱的だった。

（人のことをバカにして……！）

リシュカを警戒するどころか軽んじているからこそ、拘束もせず自由にさせているのだろう。

「私も訊《き》きたいことがある。君はどうしてあんなことをした？　本当に独断での行動か？」

ヴィルフリードは急に真顔になった。真正面からの問いかけにぐっと息を呑んだあと、言葉を選びながら口を開く。

「……君がいなくなれば、この国は大きな軍事的柱を失う。そうすれば、我が皇国にも勝機が出てくるからだ」

「勝機とはどういう意味だ？　君は我が国との国交を再開させるための使者ではなく、宣戦布告に来たということか？」

「それは――」

黙り込むリシュカに、ヴィルフリードは肩を竦めて見せる。

「君はずいぶんと私を買ってくれているようだが、そんなに血を見たいのか？　それとも、功績を立てるのが目的か？　どちらにしろ、君も民の命や生活など、己の野心のためには些細《ささい》な犠牲だと思っているということだな」

ため息交じりの言葉にカッとなる。

「何を云っている！　それぞれの国の民のためだ！　先陣を切って戦場を駆け回っていた貴様のような男に云われたくはない」

「どういう意味だ？」

「民に圧政を敷いている貴様ら王族など倒れるべきだ」

私利私欲のために戦を望んでいると思われるなんて心外だ。功績を立て父に認められたいという気持ちはもちろんある。だが、決してそれだけでは——。

「ちょっと待て。聞き捨てならないな。圧政とは何のことだ？」

ヴィルフリードは眉を顰《ひそ》めて問い返してきた。この期に及んで白《しら》を切るとは往生際の悪い男だ。

「レアリウスの王族は民を奴隷のように働かせ、搾取していると聞いている。過分な税や作物を搾り取って人々を苦しめているとな。王都が栄えているのが、まさにその証拠ではないか」

「私たちはそんなことはしていない。誰にそんな出鱈目《でたらめ》を吹き込まれた？」

額を押さえてため息をつくヴィルフリードに反論する。

「出鱈目なわけがあるものか。お前たちは何不自由ない暮らしに慢心して、民に犠牲を強いている自覚がないのだろう」

「大きな誤解があるようだな……」

「そもそもの基準が違う。どうせこの話は平行線だろう」

常軌を逸した状況でも、それが続けば当たり前のことになってしまう。本人たちに悪行の認識がないとしたら、反省させるのは至難の業だ。

「――いまから出かけるんだ。君も一緒に来ないか？」

ヴィルフリードはそう云うと、勢いよく立ち上がった。

「一緒って……僕を砦の外に連れていく気か……？」

軟禁でも対応が甘すぎると感じているのに、外へ連れ出すなんて浅慮にもほどがある。さすがに正気を疑った。

「この話し合いが無為だということは私も否定しない。とりあえず、民が圧政を強いられているかどうか、その目で私たちの国の暮らしを見てから判断してもらえるか？」

「僕を世間知らずだと思っているだろう……」

「違うのか？　宮殿育ちの箱入りのくせに」

「……っ」

否定できない自分が悔しい。いくつもの戦場を駆け回ってきたような男からしたら、誰だって箱入りの世間知らずも同然だろう。

「いつまで裸でいる？　一人で着替えられないなら手伝ってやろうか？」

「人を子供扱いするな」

「子供扱いをしていたら、あんなふうに抱いたりはしない」

「……っ」

　何を云っても揚げ足を取られる。悔しさを滲ませながら押し黙ると、ヴィルフリードは声を立てて笑った。

5

「着心地はどうだ？」

「……悪くはない」

素直に褒めるのは癪《しゃく》で、捻《ひね》くれた返答をしてしまったが、ヴィルフリードから借りた服は、あつらえたようにリシュカの体にぴったりだった。縫製も素晴らしく、手足も動かしやすい。新品ではないようだが、綿の生地は上質で肌触りは最高だ。

「体に合っているようだな。キャスに礼を云っておけ。彼が手直ししてくれた」

「キャスが？」

彼の名を出されると、無下な態度を取りづらくなる。ヴィルフリードのことは憎いけれど、他の者には何の恨みもない。むしろ、親切にしてもらった恩義がある。

「彼の服なのか？」

「私が昔着ていたものだ。結び目が縦になっているぞ」

「大丈夫だ、自分でできる」

「いいから」

ヴィルフリードはリシュカの襟の紐《ひも》を丁寧に結び直してくれる。

（僕が殺そうとしたことを忘れてるんじゃないだろうか……）

自分を殺そうとした相手の世話を甲斐甲斐しく焼くなんて物好きにもほどがある。

「これでよし。こういう簡素な服装も似合うな」

「……そうか？」

リシュカが普段城で身に着けている服は、何よりも見栄えが重視されている。刺繍《ししゅう》や装飾技術は高いけれど、着心地はあまり考慮されていないことに気がついた。

贅《ぜい》を凝らした身なりをするのは、身分の高い者にとっての義務だ。安定した統治のためには、見た目で格差がわかるようにすることが重要だからだ。いつでも見られていることを意識し、身分に合った行動をするようにしてきた。もちろん、当然のことだし、不満はない。だが、少なからず息苦しさのような感覚があるのも否めなかった。

対して、ヴィルフリードが身に着けているものは、着古した綿の上下だ。もっと自分の立場を考えた格好をすべきではないかと小言を云いたくなる。

腹立たしいのは、身に着けているもので見劣りしないことだ。むしろ、本人の持つ空気や佇《たたず》まいが際立っている。素材がよければ、身に着けるものは何でもいいということか。

（余計に腹が立つな）

「………」

「私の顔に何かついてるか？」

「別に何も」

こうして並んで歩くと、頭一つぶん背丈の差があることがわかる。そもそもの体格が違う以上、力比べになってしまえば勝機はほとんどなくなることは自明の理だ。彼の命を奪うには、何か正攻法以外の手段を考える必要があったのだ。

「で、どこに行くんだ？」

「まずはこっちだ」

渋々、ヴィルフリードのあとに従った。彼は部屋の説明をしながら階段を降りていく。

「そっちが社交室で、その部屋は図書室。一階には大広間に食堂、台所がある。その奥は使用人たちの部屋だ」

装飾品はほとんどなく、こざっぱりとした屋敷内だった。ところどころに飾られている野の花が寂しさを紛らわせている。

「ここには君一人で？」

「その奥に使用人たちの部屋があるから、いまは四人だな」

「そうではなく、家族はいないのかと聞いているんだ」

「私には妻も子もいない。強いて云えば、ここに暮らす皆が私の家族だ」

二階ぶんの階段を降りてから外に出ると、少しだけひんやりとした春の風が頬を撫でた。真っ青な空に端切《はぎ》れのような雲が漂っている。切り立った岩石の岩肌で囲まれた場所だが、あちこちに緑が見える。人工的に植えられ、手入れをされていることが窺える。本当に一つの小さな町のようだ。

（いいところだな……）

中心部は大きな広場になっていて、その周りを囲むように大小様々な建物が建っていた。

「あれが兵舎でその隣が教場、向こうには食堂に道具屋、修理場や倉庫が入ってる」

兵士たちが訓練をしたり、武器の手入れや修理を行っているのがここからでも見える。リシュカは活気に溢れた様子に圧倒された。

「……敵国の人間を案内するなんて気が知れない」

仮にも暗殺者だぞ、とリシュカは眉根を寄せる。

「迷子になられても困るだろ」

「僕は方向音痴ではない。一度歩いた場所の地理は隅々まで覚えられる」

「それはすごい」

人をバカにするのも大概にして欲しい。リシュカの反論に笑い声で返しながら、ヴィルフリードは中心部へ向かう石畳の階段を降りていく。

「感心している場合ではないだろう？　僕の記憶を頼りに攻め込まれても構わないということだな」

「そもそも、ここに攻め入ることは至難の業だ。この砦は地形を利用し、谷間に築かれている。城壁も強固な造りだ。中の様子を知ったからといって、攻略が容易になることはない」

なるほど、攻めてきても無駄だと思い知らせたかったのかもしれない。だが、どんな場所でも弱点はあるはずだ。

「確かに制圧は容易ではないだろうな。だが、迂回《うかい》して崖の上から攻め込むことは可能だろう」

そこに目をやると、鬱蒼《うっそう》と木々が茂っているのが見える。闇夜に乗じてあそこに入り込めば、誰にも気づかれずに近づくことができるだろう。

急な傾斜を降りてくるのは容易ではないが、急襲をかけることは可能だ。

「少人数なら不可能ではないかもな。だが、あちこちに備えはある」

「それはどんな――」

自分たちの防御に胡座《あぐら》をかいているのなら、洗いざらい喋ってもらおう。そう思って先を促そうとしたけれど、いいところで邪魔が入った。

「おはようございます、ヴィル様」

「ヴィル様、稽古をつけてくれるって約束はいつ果たしてくれるんですか？」

広場に着くなり、兵士たちはヴィルフリードを見つけて口々に挨拶をしてくる。彼もそれに対し気さくに応えていた。賑《にぎ》やかで活気があるが緊張感は皆無だ。

ただ人見知りなのか気遣いなのか、リシュカに対しては小さく会釈をして立ち去る者ばかりだった。

（我が国では考えられない……）

ユシュタル皇国では不敬罪に当たる行為だが、彼らからは敬意と親愛の情が感じられた。ユシュタルの国民と皇族の間には見えない高い壁のようなものが存在する。こちらから声をかけるまで国民は敬礼のまま待機するのが決まりだ。

ヴィルフリードの馴《な》れ馴れしさは何なのだろうと思っていたが、基本的にこちらの国の人々はお互いの距離が近いらしい。

「ヴィル様！」

胡桃《くるみ》色の肌に焦げ茶の髪の男が、建物の中から飛んできた。

彼の佇まいから察するに、下級兵士ではなさそうだ。落ち着いた柔和な表情が印象的なその人物は、身長はヴィルフリードと同じくらいで、服の上からも引き締まった体つきがわかる。

「アロイス」

それまで上機嫌だったヴィルフリードの表情に苦いものが混じる。どこか気まずげで、強いていうならイタズラが見つかった少年のような面持ちだ。

「そんな格好でどちらに——お客人をお連れでしたか。お加減はいかがですか？」

小言を云いかけていたが、リシュカがいることに気づき言葉を取り繕った。

「ありがとうございます。お陰様でもうすっかりよくなりました」

気遣いの言葉に後ろめたさを刺激される。

「それはよかった。聞けばユシュタル皇国から親善使節としていらしたとか。このたびは本当に災難でしたね」

「いえ、あ、はい」

どう答えるべきか迷い、曖昧な返答になってしまう。

「失礼しました。私はアロイスと申します。ヴィルフリード様の副官を仰せつかっています」

「ど、どうも……」

差し出された手をおずおずと握り返す。後ろめたさから手の平が汗ばんでいるが、不審に思われないか緊張した。

「君が野盗たちに襲われていたとき、騒ぎを最初に聞きつけたのは、このアロイスなんだ。こいつの地獄耳は動物並みだからな」

「褒めてませんよね？」

「そんなことはない。いつも助かってる。まあ、面倒なときもあるが……」

「何か文句でも？」

「そんなものあるわけないだろう。君なしではここまでやってこられなかった。頼りにしてる」

「はいはい、それはどうも。それで、ヴィル様。お客人をどこにお連れで？」

微笑みの表情だが、目は笑っていない。

「うん、まあ、ちょっとな」

ヴィルフリードは曖昧に答えつつ、目を逸らしていた。

「まさか、また町まで行かれるおつもりですか？」

「ああ、彼を案内しようかと思って。あいつらの様子も見てきたいしな。日暮れまでには帰ってくるから留守を頼む」

「それは構いませんが、供をつけますのでお待ちください」

「二人で大丈夫だ」

「ですが、大切なお客様もいることですし――」

ちらりとこちらのほうを見る。彼は昨夜のリシュカの行動を知らされていないようだが、皇国の人間として警戒をしているのかもしれない。

「この辺りで私に傷一つでもつけられるような輩がいると思うか？」

「……わかりました。重々気をつけていってらっしゃいませ。念のため、通常の装備でお出かけください。野盗もまだ全員捕らえたわけではないんですからね」

　アロイスはヴィルフリードを諭すことを諦めたようだ。

「用心していくから安心しろ。土産《みやげ》を買ってきてやるから楽しみにしてろよ」

「何事もなく帰ってきてくださることが、一番の土産です」

「わかった、わかった。それじゃ、あとを頼むな」

　ヴィルフリードはひらひらと手を振り、その場をあとにする。

「——本当にいいのか？」

「ん？　ああ、アロイスのことか。構わん、あれは心配するのが仕事だ」

「君のような上官を持つと苦労するだろうな」

「私もそう思う」

　煙たがる素振りを見せているけれど、それはお互いに信頼し合っているからできることなのだろう。

リシュカの周りにはあんなふうに苦言を呈してくれる臣下はいない。

「彼に昨日のことを話していないんだな……」

　報告されていたら、あんなふうに気遣う態度は取られなかったはずだ。

「云ったら、投獄しろと云われる」

「それが当然だ」

「たまにはあいつに秘密があるのも悪くない」

「…………」

ヴィルフリードの考えていることは、リシュカには理解が及ばない。

「この件は私たち二人の問題だ。他の誰も巻き込むつもりはない。君だって、私以外の人間に危害を加えたいわけじゃないだろう？」

「それは――」

そのとおりではあるけれど、ヴィルフリードのリシュカへの信頼感の根拠がわからない。二度も命を狙ってきた相手だと本当にわかっているのだろうか。

（やっぱり、ただ舐められてるだけかも……）

リシュカを脅威に感じていたら、こんなふうに連れ歩くわけがない。いざとなれば容易に始末できる、そう思っているのだ。

自分に甘さがあることはわかっている。例えば、キャスを人質に取ってヴィルフリードを脅すことだってできる。だが、極力無関係の人間は巻き込みたくない。矛盾してはいるが、助けてもらった恩義にはできる限り報いたいのだ。

「着いたぞ」

「ずいぶん大きな厩舎だな……」

連れていかれたのは兵舎の裏手にある馬小屋だった。手前にいた数頭がリシュカを興味深げに見つめてきた。馬は優しく臆病で繊細だ。見慣れぬ人間を警戒しているのだろう。

干し草の匂いに、ツェレンのことを思い出す。どこかで無事でいてくれることを祈るしかない自分が歯痒《はがゆ》かった。

「僕は何を見せられても絆《ほだ》されたりなんかしないからな」

馬は好きだが、それだけではしゃぐほど子供ではない。

「別にそんなつもりはない。町までは少し距離があるから馬で行くだけだ。君も馬には乗れるだろう？」

「まさか、僕を馬に乗せるつもりなのか？」

さらに理解不能なことを云われ、大きな声を出してしまった。

「そうだ」

暗殺者の自由を奪うこともなく外に連れ出すだけでも信じられないことなのに、馬にも乗せるなんて何を考えているのだろう。

「僕が馬に乗って逃げてもいいということだな」

馬があれば、移動距離は飛躍的に伸びる。レアリウス領内といえども、逃亡者を探し出すのは容易ではないはずだ。

「逃げたければ逃げろ。そのほうが面倒がなくていい」

「命を狙えと云ったり、逃げろと云ったり何なんだ……」

「そんな細腕に殺されるようなら、私もそれまでということだ」

だが、彼にとって何の利益があるのかがわからない。自分を捕らえれば事は簡単だというのに、何を考えているのだろう。

「君の考えは理解できないな」

「退屈凌《しの》ぎにはいいだろう？　緊張感のない生活に飽き飽きしていたからな。ただし、私以外の人間を傷つけたりしたら、そのときは私たちだけの話じゃなくなる。わかったな？」

「……わかった」

殺気の籠もった念押しにぞくりと背筋が震えたものの、ヴィルフリードの提案はリシュカには悪くない話だった。暗殺の難易度は上がったけれど、時間的猶予も伸びた。退屈凌ぎをしようと思ったことをすぐに後悔させてやる——そう心に誓っていると、奥から年若い少年が顔を出した。

「おはよう、ミシュ」

「ヴィル様！　今日はどうしたんですか？　お出かけの予定ありましたっけ？」

見たところ、兵士ではないようだ。キラキラとした眼差しでヴィルフリードを見上げている。

「ちょっと町まで行こうかと思ってな」

「いまからですか？　今日って何かありました？」

「客人を案内したいんだ」

「野盗に襲われてたって方ですね！」

「……リシュカだ」

溌剌《はつらつ》とした口調で身も蓋もない云い方をされ、反応に困る。事実だが、自らの手落ちを突きつけられているようで快くはなかった。

「私は馬の世話係をさせてもらってるミシュです！　リシュカ様はもうお怪我はいいんですか？」

「このとおり、ぴんぴんしてるようだ。大人しく寝ていられないくらいにな」

ヴィルフリードはちらりとリシュカに視線を送り、口元で笑う。思わせぶりな眼差しにムッとしたが、口答えをすれば面倒になるだけだとぐっと堪えた。

「ミシュ、準備はできてるか？」

「もちろんです」

「ファーンとあの雌馬を連れてきてもらえるか」

「わかりました！」

少年は小走りで奥へと消え、すぐに二頭の馬を連れて戻ってきた。一頭は大きな黒馬、もう一頭は芦毛《あしげ》の美しい雌馬――。

「ツェレン!?」

名前を呼ぶと、彼女は嬉しそうに体を震わせる。リシュカの愛馬ツェレンだった。リシュカに撫でられると、耳を横に伏せ、安心したように目を細める。野盗に襲われたときに逃げたか殺されたかしただろうと思っていたが、ヴィルフリードが保護してくれていたらしい。

「無事でよかった……」

毛並みも艶やかだし、健康そうでほっとする。丁寧に世話をしてもらっていたようだ。

安堵から涙ぐんでしまう。ツェレンはリシュカが子馬の頃から世話をして育てた愛馬だ。気難しいところもあるが、優しく賢い親友のような存在だった。

(まさか、こんなところで会えるなんて)

再会できると期待していなかったぶん、感動で胸が熱くなる。

「やはり、君の馬か。倒れている君の周りをうろついていたから連れてきたんだ」

「怪我もしてないし、食欲もあるのに少し元気がなかったんですけど、ご主人様のことが心配だったたんですね」

「そのようだな」

ムカつく男だが、ツェレンを保護してくれたことには感謝しかない。

「……ありがとう。本当に感謝してる」

憎むべき相手だが、礼を云わないわけにはいかない。

「ツェレンというのか。いい名だな」

聞き覚えのある台詞《せりふ》だ。

「そんなことはない。いままでに云ったのは二度だけだ」

「――それ、誰にでも云ってるんだろう」

真顔で否定されたが、本気なのか冗談なのか判断しづらかった。同じ言葉を告げられたときはうっかり喜んでしまったけれど、人をたらし込む常套《じょうとう》手段に違いない。

「紹介する。こいつはファーン、私の相棒だ」

体の大きな黒毛の馬だった。毛並みは艶やかだが、いくつも傷跡が残っている。

「凛々《りり》しい顔をしてるな。それに賢そうだ」

「誰よりも勇敢な戦士だよ」

ヴィルフリードと共に数多の戦場を駆け巡ったのだろう。

「ほら、この鞍《くら》をつけろ。君もこの胸当てをつけておけ」

「鞍？　元々つけてあったものがあるだろう」

リシュカのための防具はともかく、ツェレンが元々つけていた装具が見当たらない。

「いま修理に出している。それにこれのほうが尻には優しいからな。今日は椅子に座るのも厳しいんじゃないか？」

「……っ」

指摘どおり、無体な目に遭わされたそこはまだひりつくような感覚があるが、加害者であるヴィルフリードにだけは気遣われたくなかった。

（せっかく忘れかけてたのに……）

一気に昨夜の記憶が戻ってきたせいで、彼の顔を正視できなくなってしまった。

「慣れれば違和感も減るらしいがな。次はもっと気をつける」

「次なんてないからな！」

リシュカが真っ赤になって声を荒らげる。わざわざ思い出させるような真似《まね》をしてくるヴィルフリードが腹立たしい。

「先のことなんて誰にもわからない。抱いてくれとねだるようになるかもしれないぞ」

「絶対に貴様を殺してやる」

「願ったり叶ったりだ」

「変態め」

「自分でもそう思う」

リシュカの侮蔑の言葉に、ヴィルフリードは楽しげな笑い声を上げた。

6

「今日は本当にいい天気だな。まさに遠乗り日和だ」

「…………」

城砦を南に出て、一刻は過ぎただろうか。ヴィルフリードの乗るファーンの斜め後ろを、リシュカはツェレンに揺られてついていく。

不穏な自分たちの関係とは裏腹に、気候は穏やかでそよ風が気持ちいい。綿雪のような雲がいくつか浮いている以外は、どこまでも青い空が広がっている。

ユシュタル皇国にはまだ訪れていない春が、ここレアリウス王国には到来していた。

（山一つ越えただけで、こんなにも気候が違うのか……）

大きく息を吸い込むと、爽やかな香りが胸いっぱいに広がった。

「見てみろ、花々が美しいだろう？　素晴らしい景色だと思わないか？　この風景は何にも代えがたい我が国の宝だ」

城砦を出て道を進むにつれ、色が増えていった。整備された山道は野の花に彩られ、鼻腔を擽る爽やかで甘い香りに胸が弾んだ。

過酷な圧政に苦しみ、辛い生活を送っていると聞いていたレアリウス王国で、こんな美しい景色を目にするとは思ってもみなかった。

「この青い花は何て名だ？」

足下に群生する青い花弁の小さな花が目を引いた。

「ワスレナグサだ。可憐《かれん》で清涼な美しさだろう？　我が国ではどこでも見られる野草だが、私はこの花が好きなんだ。どんな場所でも生き生きと咲いている姿は見習いたい」

「花を愛《め》でるような人間だとは意外だ。庭の世話までしているんだって？」

「キャスに聞いたか？　あれはほんの退屈凌ぎだ。草花の世話をしていれば、気も紛れるからな。君も一緒にどうだ？　土いじりをしていると心穏やかになれるぞ」

「遠慮する」

正直なところ興味はあったが、ヴィルフリードと何かを一緒にしようという気にはなれなかった。

「そうか？　気が向いたら声をかけてくれ」

「……自分の命が狙われている自覚を持て……」

呆れた眼差しでヴィルフリードの背中を見つめる。この男は自分のことを舐めきっている。だが、それこそがリシュカにとって有利な状況を生む可能性もある。

力比べでは到底敵《かな》わないが、暗殺の手段はそれだけではないからだ。

「何度も確認しなくてもちゃんとわかってる。いまは君に武器を持たせてはいないだろう？」

「後ろから突き落とすことだってできるんだぞ」

ヴィルフリードの乗る馬の尻にツェレンの蹴りを入れれば、崖下に落とすことだってできるはずだ。

（ツェレンにそんな真似をさせるつもりはないけど……）

リシュカが殺したいのは、ヴィルフリードだけだ。ファーンまで犠牲にはしたくない。

「なるほど、そういう手もあるか。しかし、そうやって忠告してくる辺り、君もお人好しだな。育ちのよさを感じるよ」

「そうやって油断してるといい。すぐに寝首を掻いてやる」

「同じ方法で失敗すると恥ずかしいぞ」

「次は成功するかもしれないだろう」

「そうだといいな」

真剣味のないヴィルフリードの態度は、リシュカを油断させるための罠《わな》なのだろうか。それとも、本気で殺されても構わないとでも思っているのか——。

強くて、気高いはずの男なのに、どこか自暴自棄な空気を感じる瞬間がある。一体、どれが彼の本当の顔なのだろう。自分を生かしておく真意が未だに摑めない。

（懐が広いってだけじゃない気がする……）

ヴィルフリードは、リシュカの理解の範疇《はんちゅう》外の人間だった。自分の命を狙っているリシュカを連れ歩くなんて常識では考えられない。

「そもそも、君は本当に私を殺して、国同士が戦になればいいと思っているのか？」

「それは——」

根本的な問いをされ、返答に詰まる。

「戦がどんなものか知っているのか？　あんな無慈悲なことはできることならしたくない」

「〝黒い雷鳴〟のくせに軟弱な発言だな」

勇猛果敢な戦士として名を馳《は》せたヴィルフリードの口から出てくる言葉とは思えなかった。

「その名前で呼ぶな」

苦虫を噛み潰したような顔をしている。

「自ら名乗っているんじゃないのか？」

「誰が名乗るか。二つ名がついて喜ぶなんてバカみたいだろう」

「そういうものか？」

ただの戦士には二つ名どころか、噂が立つことすらない。それだけ戦果が世に轟《とどろ》いた証拠ではないだろうか。

「——戦なんてこの世からなくなればいい。君もそう思わないか？」

「戦場では先陣を切ってるような男が何を云ってる？」

「人のことを血の気の多い筋肉バカだと思ってるんだろう」

「………」

リシュカは図星を指されて黙り込んだ。

「確かに以前は戦うことしか能のない人間だった。国として戦が避けられないときもある。そうなれば、どんな理由だとしても民が傷つく。だが、私が前線に出れば、犠牲になる兵士が一人でも減るだろう？」

「兵士は戦うことが仕事じゃないのか？」

「兵士だって民の一人だ。民には、それぞれに生活がある。民を守るのは王族に生まれた者の義務だ。剣技が得意でよかったよ」

「義務――」

幼い頃に聞いた父の言葉と被《かぶ》る。父は戦争を厭《いと》い、皇帝として民のことを慮っていた。

こうして話をしていると、好戦的で野蛮な男だろうと思っていた〝将軍ヴィルフリード〟のイメージがどんどん崩れていく。

(絆されてどうする……！)

誰にだって、色んな側面がある。相手によって向ける顔が違って当然だ。

「――――」

「どうした？　山道に酔ったか？」

黙り込んでいたリシュカをヴィルフリードが振り返る。

「……景色に見蕩《みと》れていただけだ」

＊

坂を登り切った場所から眼下を見下ろすと、青と緑の絨毯《じゅうたん》が広がっていた。暖かな日差しの中、青空を小鳥が横切り、草原には羊や山羊《やぎ》が放たれている。

緩く曲がりくねった道の先には、明るい朱色が連なっていた。目を凝らすと、それらが民家と思しき建物の屋根だとわかる。盆地の中心部に町が広がっているのだ。

「少々離れてはいるが、一応あれが城下町だな」

「いつもわざわざ君が視察に回っているのか？」

「視察なんて大層なことじゃない。皆が息災にしているか、顔を見にいっているだけだ。私もたまには買い物くらいしたいしな」

「君は王子だろう。そのくらい部下に頼めばいいものを……」

「市場をぶらぶらするのが楽しいんだよ。欲しいものなんて、行ってみないとわからないだろう。馬はここまでだ」

　ヴィルフリードは、町の手前で馬を降りる。リシュカもそれに倣《なら》い、ツェレンから降りて手綱を引いた。

「ファーンの手綱を持っていてくれ。おい、ベルンはいるか？」

　ヴィルフリードはファーンをリシュカに任せると、近くの小屋の扉を叩いて声をかけた。

「どちらさん――ってヴィル様じゃないですか！　この間来たばっかりじゃありませんでしたっけ？いまはそんなにお暇なんですかい？」

「おい、ずいぶんな挨拶だな。私が来るのは迷惑か？」

「いえいえ、とんでもない！　ただ、アロイス様が渋い顔をなさっているだろうと思っただけですよ」

「よくわかったな。今日も眉間に深い皺《しわ》を刻んでいた」

「目に浮かぶようですな」

　二人はここにはいないアロイスの話で盛り上がっている。一国の王子が一国民と世間話をしている姿に、リシュカは衝撃を受けていた。

（民とこんなに親しく言葉を交わせるものなのか……）

　ヴィルフリードと兵士たちとのやり取りにも驚いたが、民が治世者側の人間とここまで打ち解けられるものなのだろうか。

「となると、今日もお一人ですか？」

「いや、連れがいる」

「おやおや、護衛をお連れとは珍しい」

「彼は護衛ではなく客人だ。社会見学に連れてきた」

ヴィルフリードの言葉に小屋から出てきたベルンは、リシュカを見て目を瞠った。

「お客人？　お綺麗な方ですねえ！　どちらのお嬢様ですか？」

「……僕は男です」

訂正するのも虚《むな》しいが、誤解されたままでいるのも嫌だった。

「これは失礼しました！　いやはや、あんまりにも別嬪《べっぴん》さんなので女性だとばかり」

「…………」

褒めているつもりのようだが、的外れとしか云いようがない。

「少し馬を預かっておいてもらえるか？」

「もちろんです。ゆっくりなさっていってください」

「行くぞ。市場を案内してやる。欲しいものがあれば好きに買え」

ヴィルフリードに何かを手渡された。

「これは……金貨だよな？」

「見ればわかるだろう」

　リシュカは手の平の中のものをしげしげと眺める。王国の貨幣を直に見るのは初めてだ。表に刻まれた横顔は、国王のものだろうか。

「――どうやって使うんだ？」

「君、金を使ったことがないのか？」

「自分で何かを買いにいくことなんてなかったし、そもそも一人で城の外に出ることは禁じられていたから……」

　城下街に出たことは数えるほどしかない。しかも、護衛に囲まれて大勢の参列者の間を通りすぎるばかりで、まるで自分が見世物になったかのようだった。

（僕だって、一人で出かけられるものなら……）

　許されるものなら、人々の生活の様子を一人で見て回ってみたかった。

「欲しいものがあったら、いくらか聞いてからそのぶんの金を渡せばいい。それから品物と釣りを受け取るんだ」

「わ、わかった」

　リシュカは渡された金貨を大事に握りしめた。

「皇国の者たちは、こんな箱入りの世間知らずをよく使節として送り出したな」

「金の使い方がわからなくたって、親書を届けにいくことはできる」

「ここまで来る途中、宿にも泊まっただろうし、食事もしただろう？　どうしてたんだ？」

「それはルクイルが――」

国境までの道のりでは貴族の屋敷に世話になることのほうが多かった。国境近くの町では宿屋に泊まったが、その手配は全てルクイルが行っていた。

黙っていれば食事が用意され、寝床が手配されることを当たり前だと思い込んでいた。皆が親切にしてくれたのは、皇子という立場があればこそだ。

何一つ生きていく術《すべ》を知らないリシュカがヴィルフリードに助けられていなかったら、いまごろどうなっていたことか。

「やっぱり、僕は箱入りの世間知らずだな……」

「そうだな。けど、これから学んでいくこともできる」

「これから？」

「まだ若いんだ。時間はたくさんあるだろう」

「――」

暗殺が成功しても失敗しても、リシュカが無事に国に戻れる確証はない。ヴィルフリードの言葉に素直に頷《うなず》くことができなかった。

＊

民家の間を抜けて大通りに出た途端、賑やかになった。

両脇に露天が並び、様々な野菜や果物が売られている。食べ物だけでなく、小物や道具類、見たことのない工芸品や衣類が所狭しと並んでいた。

（すごい……）

色鮮やかな光景にリシュカは圧倒された。さっきまでの清涼な空気とは違い、甘く雑多な香りがする。人々の息づかいが感じられた。

「どうだ？　驚いただろう」

「ずいぶん賑わってるんだな」

町の規模のわりに、人出が多いように感じられた。

「ここの市場には近隣の村からも人が来るからな。買い手も売り手もここに集まってくるよう、私が整備した」

「君が？」

「各集落を行商が回るより効率がいいだろう？　いつ来るかわからない商人を待つより、決まったところでいつでも買えるほうが便利だからな」

「足がないものはどうするんだ？」

若い者はそれで十分だろうが、皆が馬を持っていたり健脚だったりするわけではない。

「集落間を荷馬車が定期的に行き来している。注文を取りまとめて配達される仕組みだ」

「それも君が考えたのか？」

「皆で話し合って、それぞれに利のあるやり方を作っていったんだ」

「……君は本当にすごいな」

話し合って、と簡単に云うが、民が本音で話をしてくれるのは、それだけ信頼が厚いからだろう。一朝一夕にいくものではない。

「急に褒められると変な気分になるな」

「別に褒めたわけでは……。思ったことを云っただけだ」

ヴィルフリードのやり方を評価しているだけで、彼本人を称讃《しょうさん》しているわけではない。

「……無自覚は罪だな」

「何か云ったか？」

「何でもない。私はちょっと町長のところに顔を出してくるから、この辺を見て待ってろ」

「おい、僕を置いていくのか？」

「一人じゃ不安だって？」

「そうではなく――もういい、行ってこい」

ヴィルフリードの危機管理に対する意識の低さを指摘するのにも疲れてしまった。

この状況で逃げることは容易だが、目的達成には遠くなる。そのことをヴィルフリードも承知しているのだろう。

手持ち無沙汰になったリシュカは、近くの露天を一つずつ覗いていく。野菜や果物だけでなく、加工肉や乳製品も惜しみなく並んでいた。

（レアリウス王国では、辺境の町ですらこれほど豊かなのか――）

不作で苦しみ、宮殿にすら十分な食材のないユシュタルとの違いに、ただただ圧倒された。

その中に金属の小物を取り扱っている店を見つけた。引き寄せられるように近づき、煙草《たばこ》をふかしている店主に声をかける。

「少しいいだろうか？　これらは何でできているんだ？」

「全部銀製品だよ。お客さん、どこから来たんだい？　見事な金色の髪だねえ。この耳飾りなんてどうだい？　髪と肌によく映えると思うよ」

「装飾品を買いにきたわけではない。その小刀を見せてもらえるか？」

昨夜、懐に忍ばせていった短剣は、ヴィルフリードに取り上げられてしまった。代わりになるものが必要だ。

「はいよ。刃には気をつけてな」

受け取った片刃の小刀を革製の鞘《さや》から抜き、刃を確認する。あまり質が高いとは思えないが、いまは贅沢《ぜいたく》など云っていられない。

「これはどのくらいの強度がある？」

「そうだな、果物を剝くのは問題ないが硬い木を削るのはやめといたほうがいいかもなあ」

「わかった。では、これを買わせてくれ」

耐久性は期待できないが、一撃を食らわせるには問題ないだろう。急所を狙えばいいだけのことだ。

「そこにいたか、リシュカ。待たせてすまなかったな」

「！」

離れたところから、ヴィルフリードの声がする。リシュカは金貨を慌てて台の上に置く。

「これで足りるか？」

「まいどあり。いまお釣りを……」

「それはいい」

「いやいや、こんなにもらえないよ！」

「すまない、急いでいて……」

ヴィルフリードに小刀を買ったことを知られるわけにはいかない。近づいてくる気配に気が逸《はや》る。

「なら、この耳飾りと腕輪を持ってくといい。絶対、お客さんによく似合うよ」

「でも――」

「いいから、いいから」

まとめて押しつけられてしまい、受け取らざるを得なかった。

（この国の者は皆、人の話を聞かないな……）

ヴィルフリードが近づく前に小刀だけは服の中に押し込むことができたけれど、腕輪と耳飾りは隠し切れなかった。

「何を買ったんだ？　腕輪に耳飾り？　そういう装飾品に興味があったのか？」

「いや、これは――」

釣りを断ったら押しつけられた、などと本当のことを云えば、他に何を買ったのかと追及されかねない。言葉を濁していると、手の中から耳飾りを奪われた。

「貸してみろ。私がつけてやる」

「……っ」

ヴィルフリードに髪をかき上げられ、耳に触れられる。耳殻《じかく》に指が触れる感触に、思わず息を呑ん

だ。

「自分のために買ったわけでは……」

「そうなのか？　でも、よく似合ってる。欲を云えば、君の瞳と同じ色の宝石が塡め込まれていれば完璧だったな。神が作り出した造形の美しさには目を瞠るものがある。倒れている君を見て、羽根をなくした妖精かと思った」

（この男は……！）

　臆面もなく口説き文句のようなことを口にされ、変な気持ちになる。

「よし、これでいい」

　耳飾りをつけ終えたヴィルフリードは満足げにしている。

「……耳たぶが重たい」

　それだけでなく、彼の指に触れられた場所が妙に熱かった。

「すぐに慣れる。ほら行くぞ」

「！」

　手を取られ、人込みに向かって引っ張っていかれる。一人で歩けると云いたかったけれど、人の波に逆らうように進んでいるせいで声をかけづらい。

　誰かに手を引かれて歩くなんて、いつ以来のことだろうか。たったそれだけのことなのに、不思議な安心感がある。雑多に賑わう一角を抜け、ようやく一息つけた。

「大丈夫だったか？」

「別に平気だ」

繋がれたままだった手を振り払い、胸元で握り込む。子供扱いが業腹だったはずなのに、何故かドキドキしてしまっている。

（僕はどうしたんだ？）

顔だけでなく、ついさっきまで繋いでいた手までじんじんと熱を持っている。変に意識しているとは思われたくなくて、出店に興味があるふりで先に歩き出した。

「どうした？　何か気になるものでもあったか？」

「あ、あの黒い粒は何だ？」

動揺を悟られないよう、リシュカは咄嗟に辺りを見回し、目についたものを指さした。

「ああ、あれは香辛料だ」

「こうしんりょう？」

「料理の味つけに使う。ほんの少し足すと味が複雑になるんだ。香草と似た使い方をするんだが……説明するよりも食べたほうが早いな。親父《おやじ》、串を一本もらえるか？」

ヴィルフリードが声をかけると、頑固そうな店主は破顔した。

「ヴィル様じゃないですか！　一本と云わず、もっと食べていってくださいよ」

「それじゃ、二本くれ」

「毎度！　ああ、お代は結構ですって」

金を出そうとするヴィルフリードを押し止《とど》める。

「ダメだ。代金はきちんと受け取れ。商売人ならいい加減な勘定をするな」

「まったく、ヴィル様には敵わないねえ。じゃあ、おまけで銅貨五枚でどうでしょう」

「よし、いいだろう」

通りがかりに買った串焼きを渡された。肉が焼ける匂いに食欲を刺激されるが、これをどう扱っていいかわからない。

「ここで食べればいいのか……？」

「もしかして、立ち食いをしたことがないのか？」

リシュカの素朴な問いに、ヴィルフリードは目を瞠った。

「あるわけがないだろう」

「行儀が悪いって？　市場に来て何も食べないなんて、そのほうがよほど無礼だ。いいから食ってみろ。そのまま肉に齧《かじ》りつけばいい」

「そのくらいわかっている」

街の人間がそんなふうに食べている様子は見たことがある。

ヴィルフリードの軽口を受け流しながら、熱々の串焼きに思い切ってかぶりついた。

「――!!」

滋味溢れる肉にはしっかりと塩気が効いていて、噛み締めるたびに肉汁が溢れ出す。いままで食べたことがないくらい美味しかった。

「それがさっきの香辛料の味だ。独得の香りとぴりっとした辛みがあって美味《うま》いだろう？」

「……美味しい」

悔しいけれど認めざるを得ない。肉自体の味とは違う風味が加えられていて、感動するくらい美味しかった。

けれど、その感動とは別の感情が湧き上がってくる。切ないような、泣きたいような心許《もと》ない気持ちに、リシュカは戸惑いを覚えた。

（何なんだ、この気持ちは……）

出所のわからない感情に困惑する。悲しいわけではない。なのに、心が乱れ、酷く胸が締めつけられる。そのときふと、過去の記憶が脳裏を過った。

（そうだ――）

幼い頃、お忍びで城下の見学に出たことがあった。街で同世代の子供たちが食べているお菓子が美味しそうで、付き人にねだったことをよく覚えている。

だが、何が入っているかわからないからと頑として口にすることは許してはもらえなかったし、子供たちと言葉を交わすことも禁じられた。

後日、似たようなものを用意してはくれたけれど、店先で見たときの輝きはなくなっていた。

あのときはあのお菓子が食べたかったのではなく、街の子供たちのように店先で買って食べ、彼らと言葉を交わすという体験がしてみたかったのだろう。

「どうした、リシュカ？」

「な、何でもない」

感傷的になっていた自分が気恥ずかしくなり、適当な言葉で濁す。幼い頃の些細なできごとを大人になってまで恨みがましく覚えていたと知られたら笑われそうだ。

「足りなかったか？　もっと食べたいなら買ってやろうか？」

「べ、別にそういうわけでは……っ」

まるで食い意地が張っているかのような物云いをされてムッとしたが、無闇に追及されずほっと胸を撫で下ろした。

7

市場を抜けて、民家の間を進んでいくに従って人気《ひとけ》は少なくなっていく。やがて、大きな煙突が見えてきた。あの煉瓦《れんが》と木でできた建物が目的の孤児院なのだろう。

坂を下りきり、木戸を開けて子供たちの駆け回る庭に足を踏み入れると、こちらに気づいた子供たちが歓声を上げた。

「ヴィル様だ！　院長先生、ヴィル様が来てくれたよー！」

「いらっしゃい、ヴィル様！　今日はお土産ある？」

「いい匂いがする！　何持ってきてくれたの？」

子供たちは歓声を上げて彼を歓迎した。ヴィルフリードの腰ほどの背丈の子供たちが周囲を取り囲み、小魚のように纏わりついている。

（本当に賑やかだな……）

リシュカはヴィルフリードと共に、キャスの出身でもある孤児院を訪れた。彼はここに土産を持って定期的に顔を出しているのだという。

「やったあ、蜂蜜漬けだ！」

「そう急《せ》かすな。全員ぶんあるから落ち着け。食べる前には手を洗うんだぞ」

「どこに置けばいい？」

「そうだな、一先《ひとま》ずその玄関の前に下ろしてくれ」

市場の屋台で買った蜂蜜漬けの入った陶器の容《い》れ物を、ようやく下ろすことができた。騎士団の訓練で重たいものを持つことには慣れているけれど、長く運ぶのはまた違ったしんどさがあった。

「今日もお話聞かせてくれる？」

「何の話がいい？」

「一人で敵陣に突っ込んでいった話！」

「えー、わたしは森の中で妖精に会った話がいい！」

「順番にしてやるから、少し離れろ。パンが潰れるだろう」

困った様子ではあるけれど、これまで見た中で一番柔らかい表情をしていた。

（あんな顔もするんだな……）

まるで宝物を見つめているような慈しみ深い表情に、つい見入ってしまう。基本的には優しく思いやりのある人間なのだろう。そうでなければ、野盗に襲われていたリシュカを助けたりはするまい。

「まあまあ、ヴィルフリード様。ついこの間も来てくださったばかりなのに」

「今日は客人を案内しにきたついでに寄らせてもらった。土産を置いたらすぐ帰る」

「えー！　ヴィル様、すぐ帰っちゃうの!?」

「ゆっくり遊んでいってよ！」

　ヴィルフリードの言葉に、一斉に非難の声が上がった。

「子供に好かれているんだな」

「土産を持ってくれれば誰だって好かれる」

「何を云ってる。皆、君が来たことを喜んでるじゃないか」

「まあ、訪ねてくる客は私くらいのものだしな。客なら私じゃなくても喜ぶはずだ」

「もしかして照れてるのか？」

「そんなわけはないだろう」

　否定するヴィルフリードの頬が微かに赤くなっている。何故こんなことで照れるのか、リシュカには理解できなかった。

「褒め言葉は素直に受け取れ——ん？」

　一際小柄な少女がリシュカの服を引っ張った。

「ねえねえ、あなただぁれ？　よその国のお姫様？」

「お姫様？」

　キラキラとした眼差しで見上げられ、返答に困る。

（何と答えればいいんだ……）

キャスにも同じようなことを云われたが、少女の澄んだ瞳を曇らせるのは憚《はばか》られ、即座に否定できなかった。

「彼はリシュカと云って――」

「わかった！　ヴィル様のお嫁さんでしょう！」

ヴィルフリードの言葉が終わる前に、横からませた声音が入り込んできた。

「だ、誰がこんな男の――そもそも、僕は男だ！」

性別を間違えられることには慣れたが、ヴィルフリードの結婚相手だと思われるのは心外にもほどがある。

「えっ、男の人なの!?」

「嘘だあ、こんな綺麗な男の人見たことないもん」

キャスや山羊《やぎ》飼いのベルンにも似たようなことを云われた。レアリウス人の目にはユシュタル人の容姿は男らしく映らないのかもしれない。

（金髪も珍しいみたいだし）

レアリウス人の男性は皆逞《たくま》しく、濃い顔立ちをしている。彼らに比べたら、自分など線が細く見えて当然だ。

「本当に男だ。私が保証する」

　ヴィルフリードが笑いを噛み殺しながら子供たちに云い聞かせている。

「じゃあ、ヴィル様のお嫁さんじゃないってこと？」

「もちろんだ。男同士では結婚できないからな」

「え？　男の人同士でも結婚はできるでしょ？」

「そうなのか？」

　少女の言葉にリシュカは目を瞠った。王国では同性同士の関係も珍しくはないと聞いていたが、婚姻関係まで結べるとは驚きだ。

「ああ、我が国では婚姻は同性同士でも可能だ」

「しかし、それだと家が途絶えるだろう」

「次の代に家を継がせたい場合は養子を取ればいい。その代で終わる場合は、国が最期を看取《みと》ることになっている」

「そんなことが許されるのか？」

「許すも許さないもないだろう。愛し合っている者同士、添い遂げたいと思って当然じゃないか？」

「それはそうだが……」

「だから、私と君の婚姻も可能だ」

「はあ？　誰が君なんかと——」

「ダメ！　ヴィル様のお嫁さんにはわたしがなるんだもん！」

一人の少女がヴィルフリードとの間に割って入り、抗議の声を上げた。リシュカに敵意剝き出しの眼差しを向けてくる。

「ニナ、お前なんか王様になるヴィル様には相応《ふさわ》しくないね。王妃様がこんな跳ねっ返りのお転婆じゃ恥ずかしいだろ」

「何よ！　カール」

云い合いが始まったニナとカールの間にヴィルフリードが割って入る。

「こら、二人ともケンカはやめろ。それに私は王位にはつかない。兄上がいるからな」

「ええ～、絶対にヴィル様のほうが王様に向いてるよ」

「僕もヴィル様に王様になって欲しい！」

子供たちの主張に、ヴィルフリードは苦笑する。

「君たちは知らないだろうが、兄上は本当に聡明《そうめい》で素晴らしい方なんだ。会ってみればきっと好きになるはずだ」

「でも、ジークハルト様はこんな田舎まで来ないじゃん」

「それは仕方ない。王都で大事な仕事があるからな。それに私が王になったら、ここに遊びにくる暇もなくなるが、それでもいいのか？」

「う、それは嫌だけど……」

子供たちは悩ましいようで、唸《うな》りながら考え込む。

「まあ、好みで云えば私はおしとやかなのより跳ねっ返りのほうがいい」

そう云いながら、思わせぶりにリシュカに視線を向けてくる。

「ほら！　ヴィル様もああ云って――」

「跳ねっ返りなのは否定しないんだな、ニナ」

少年の指摘に、ニナは真っ赤になり頰を膨らませた。

「カールもヴィル様も酷い！」

「すまんすまん。どうしたら機嫌を直す？」

「じゃあ、肩車して！」

ヴィルフリードの言葉にニナはあっさりと手の平を返す。

「狡いぞ、ニナ」

「僕もして欲しい！」

僕も、私もと希望者が殺到する。子供たちがヴィルフリードのことを父親のように慕っているというのは本当のようだ。

リシュカも過去に一度だけあんなふうに父の肩に乗せてもらった記憶がある。

（普段とは違う目線の高さが楽しくて、大はしゃぎしたっけ……）

いまではまるで夢のようなできごとだが、あれも大切な記憶の一つだ。

「みんなしてやるから並べ」

「やったー！」

子供たちは歓声を上げ、規則正しく列を作る。その様子をぼんやり眺めていたら、孤児院の院長に声をかけられた。

「リシュカ様、よかったら中で一緒にお茶はいかがですか？」

「いいんですか？」

「もちろん。お客様は誰でも歓迎ですわ」

勧められるがままに建物の中に入り、腰を下ろす。扉が閉まると賑やかな声が遠ざかり、部屋の中には寂しさを感じてしまうくらいの静寂が訪れた。

「今朝焼いた焼き菓子です。お口に合うといいんですけど……」

「ご馳走《ちそう》になります」

焼き菓子はさくさくとした食感がほどよく、素朴で優しい味だった。

一流の料理人が選りすぐりの食材で作る宮殿での食事は美味だ。だが、今日口にしたものは普段一人で摂《と》る食事とは比較にならないくらい美味しかった。

「ヴィルはいつもあんな感じなんですか？」

「ええ、子供たちもヴィル様が来てくださるのを心待ちにしているんです」

「……民に好かれているんですね」

「皆、ヴィルフリード様を慕っております。こんな辺境にいるなんて勿体《もったい》ないお方ですわ」

ヴィルフリードは、どこでも気さくに住人に声をかけられ、まるで友人のように受け答えしている。

それどころか、民に差し出された食べ物を抵抗なく受け取って食べたりと、リシュカには信じられないことばかりだった。

「気になっていたんですが、彼は何故、第二王子という立場なのに国境の警備を？」

そもそも、国軍の最高司令官ともあろう人物が王都に詰めていないのは不自然すぎる。火種が残っているならともかく、何十年も争いのない国境の警備にあたらせるような人材ではない。

現状、王都の防衛が必要ないのだとしても、第二王子がこんな国の外れを任されるなんて普通なら考えられない。彼は僻地で若い兵士を教育し、植物を育てているような立場の人間ではないはずだ。

リシュカの疑問に、院長は困ったような笑みを浮かべた。

「ヴィルフリード様ご本人の希望によるものだと聞いております。王都には、ジークハルト様がおられますから」

「ジークハルト様というのは確か――」

「第一王子でヴィル様の兄君です」

肉体派の第二王子とは対照的に、第一王子は頭脳派だという噂だ。あらゆる学問に精通し、他の大陸の言葉をいくつも使いこなす才能の持ち主らしい。

「彼は武人ではないという話は聞いたことがありますが」

「ええ、生真面目で品行方正なとても優秀な方です。幼い頃のお二人は年子でとても仲がよかったのですが――」

「仲がよかった？」

「幼い頃からヴィル様はとても快活でやんちゃな方でした。城を何度も無断で抜け出して、城下の人々と触れ合うことも多くてね」

「想像がつきます」

いまもああして町の様子を見にきたり、孤児院に土産を持ってきたりしている。彼にとっては当たり前の行動なのだろう。

「一方のジークハルト様は自分こそが王位に相応しいという自負があったようです。ですが、行動力と分け隔てのなさから、ヴィル様の人気は確かなものになっていきました。そのことにジークハルト様は劣等感を抱かれたのでしょう。奔放なヴィル様が民に人気があることも許せなかったのだと思います。それ故、いつしかヴィル様を遠ざけるようになられて……」

「そんな――」

出逢って数日だが、ヴィルの才能には驚かされるばかりだ。劣等感を抱く気持ちも理解できなくもない。だが、それまで仲のよかった弟を遠ざけるほどのことだろうか。

「お二人の仲を裂くような、よからぬことを吹き込む者がいたという噂も耳にしたことがあります」

「何故そのようなことを……。余計な諍《いさか》いが起こるようなことをして何の得があるというんですか？」

「リシュカ様はまっすぐな方ですね。この世には力のある者を上手く取り込み、自分たちの有利に働くよう画策する狡い大人たちがいるのです。ジークハルト様も本来は賢く聡《さと》い方ですが、ヴィル様への嫉妬心を利用されたのでしょうね」

「………」

自らの利益のために仲のいい年若い兄弟を引き裂くなどという罪深い行いを、悪びれもなくできるなんて非道にもほどがある。リシュカは怒りを覚え、拳《こぶし》を握りしめた。

「ヴィル様も初めのうちは兄君との仲を修復しようとなさっていたのですが上手くいかず――やがて、軍に入り、戦に身を投じることで距離を取るようになったのです」

彼の置かれた状況は、リシュカの経験とも重なった。心から慕っていた家族に敬遠されることになったヴィルフリードの落胆は如何《いか》ばかりだったろう。

（つまり、兄との対立を望まぬヴィルが、争いを避けるために王都から離れたということか……）

男としては一番脂の乗った年頃だが、彼の纏う厭世《えんせい》的な空気はそんな複雑な立場から来るものなのだろうか。投げやりというか、一歩身を引いているような印象がある。

「あの、皆さんは次期国王に彼を望んでいるんですか？」

リシュカの問いかけに、院長は少し考え込んだ。

「――そうですね。なかなか表に出てこられないジークハルト様より、ああして私たちと触れ合ってくださるヴィル様に親しみを覚えてしまうことは確かです。ですが、どちらが王として相応しいかはわかりません。どちらが王位につかれても、素晴らしい治世を敷いてくださるでしょう」

慈愛に満ちた表情で応えてくれた。

「院長先生は王都のことにずいぶんお詳しいのですね」

「若い頃は城で働いていたものですから」

「城で？」

「幼いご兄弟のお世話をさせていただいておりました」

城で王子たちの乳母をしていた彼女は、引退し、この孤児院を始めたのだという。ヴィルフリードのことをもっと聞こうとした瞬間、勢いよく扉が開いた。

「院長、飲み物をくれ。さすがに疲れた。あいつら体力が底なしだからな」

子供たちの相手に音《ね》を上げたヴィルフリードが一人で入ってきた。どっかりと椅子に座り、焼き菓子に手を伸ばす。

「いまご用意いたしますね。リシュカ様も、お茶のお代わりはいかがですか？」

「あ、はい、いただきます」

ヴィルフリードは院長の淹《い》れたお茶を一息に飲み干した。百戦錬磨の戦士も子供たちには敵わないようだ。

「どうだ？　自分の目でこの国を見た感想は」

人々と垣根なく触れ合う様子は、かつて父が語った理想そのものだ。

「……ここは豊かだな」

「そう思うか？」

パンに肉に野菜、果物。新鮮な食材だけでなく異国から運ばれてきたらしい織物や食器や小物もたくさん並んでいる。何よりも、人々の生活の息づかいが感じられた。市場は活気が満ち、子供たちには笑顔が絶えない。

辺境の町でこの豊かさなら、王都はどれほどなのだろう。いままでユスティラから教えられていたレアリウス王国の話は何だったのだろうか。

「君の云うように、僕が聞いていた話とは違うことがわかった」

「真実を知ってもらえてよかったよ。そもそも、君は一体誰から教育を受けたんだ？」

「僕を教育してくれたのは義理の母上だ」

生活する上での躾《しつけ》、礼儀作法、皇子としての振る舞いだけでなく、国の成り立ちや歴史、周辺の国々のことなど、あらゆる知識を教えてくれた。

「その義母が君に出任せを吹き込んだということか」

「出任せなどではない！　真実とは違っていたが、何か誤解があったのだろう……」

これまでユシュタルの宮殿で教えられてきた話では、レアリウス王国の王族や貴族は物資や作物、労働力を搾取し、権力者は不正にまみれて人民に苦役を強いているとのことだったのだ。

だが、少なくともこの地方の人々は苦しい生活を送っているようには見えない。

（むしろ、幸せそうだ……）

搾取され抑圧されていると思っていたけれど、レアリウスの民衆の顔は一様に明るく街の市場も活気に満ちている。自国にはない明るく自由な雰囲気に、リシュカは圧倒されるばかりだった。

ユシュタル皇国と戦になればこの街の人たちの生活が脅かされるということだ。いくら皇帝の命《めい》だとしても、自分のやろうとしていることは本当に正しいのだろうか。

「誤解と云うには、悪意のある思い込みだったがな」

「君の治めている地域に正すべき不正はないとわかったが、王都はまだわからない」

「だったら、その目で確かめるんだな。誰かの指示でなく、その目で見て自分の頭で考えて行動しろ」

「僕が何も考えていないみたいじゃないか」

「違うのか?」

「――――」

すぐに否定できなかったのは、ある程度自覚があったからかもしれない。リシュカは悔しさに唇を嚙み締める。

「見聞を広めろ。そして、自分の頭で考えるんだ」

「自分の頭で……?」

ヴィルフリードの問いが、何故か胸に深く突き刺さった。

8

「もう朝か……」

　目を瞑っても眠気など微塵《みじん》も訪れず、考え込んでいたら夜が明けてしまった。窓の外に見える闇が薄くなりつつある。

(僕はどうしたらいいんだろう……)

　町から帰ってきてからずっと、リシュカの心は揺れ動いていた。出立のときは固かった決意も、いまは不安定にぐらついている。何かを知れば知るほど、迷いが生まれ、感情が揺さぶられてしまう。

　それぞれの正義が違うだけで、間違ったことをしようとしているわけではない。そう信じていたけれど、いまは確信が持てなかった。

　父から託された使命を蔑《ないがし》ろにするつもりはない。だが、本当にそれが最善の方法なのかわからなくなってきた。

(――いや、僕の気持ちなんか関係ない)

　皇帝からの命を私情で判断するなんて以《もっ》ての外だ。迷いを感じる権利などリシュカにはない。いま成すべきことは、ヴィルフリードの暗殺。それだけだ。

こんなふうに感情が揺れるのは、あの男に色んなものを見せられたからだ。こうしてリシュカを動揺させるための作戦だったのだろうか。

彼が策を弄するなら、こちらも考える必要がある。相変わらず寝室に鍵はかかっていないようだが、寝台にいるところを襲えばまたあの夜のようなことになりかねない。

（それだけは絶対にダメだ）

腹立たしいことに、寝ても覚めても考えてしまうのはあの男のことばかりだ。告げられた言葉や眼差し、子供たちの前での屈託のない笑顔。それらがどうしても脳裏から離れてくれなかった。

「……ツェレンに会いにいこう」

いまのリシュカにとって、心を癒《い》やしてくれる存在はツェレンだけだ。彼女を保護してくれたことだけは、ヴィルフリードに感謝してもしきれない。

この屋敷に滞在している間はどうせやることはないのだ。馬の世話でもしていれば、きっと気分も紛れるだろう。

ベッドを抜け出し、畳んでおいた服に着替える。宮殿にいるときに身に着けている華美な装いよりも、いまの質素な服のほうが自分らしくいられるように感じる。

この屋敷も不思議な居心地のよさがある。客であるリシュカがそう思うくらいなのだから、日々暮らしているヴィルフリードにも、気を抜く時間があるはずだ。

彼が油断し、隙ができる瞬間はないだろうか――。

ふと、窓に近づき中庭に目をやると、ヴィルフリードが花壇の世話をしていた。庭の草花は彼が丹精していると聞いた。

草花の世話は心が穏やかになると、いつかヴィルフリードは云っていた。もしかしたら、いまなら油断しているのでは。リシュカはそう思い立ち、急いで部屋をあとにした。

＊

上から見たときは単純に思えた庭園の配置は、いざ足を踏み入れてみると迷路のようだった。

（どこに行った？）

大抵はリシュカの膝に届く程度の草花だが、身長を超える生け垣や低木なども植えられている。先程は手前の花壇の辺りにいる姿を確認したが、いまはどこかに移動したようだ。

香草や薬草は朝露に濡れ、木々の枝先についた蕾《つぼみ》は綻ぶ日を待って膨らんでいる。小鳥が夜明けを知らせるかのように軽やかに囀《さえず》り、目覚めたばかりの蜜蜂が小さな花の間を飛び回っていた。

少しひんやりとした爽やかな空気に、思わず深呼吸をしてしまう。清涼な空気で肺の中がいっぱいになると、少し頭がすっきりする。

取るものも取りあえず部屋をあとにしたけれど、何の武器も持ってこなかった。短剣は取り上げられているし、先日市場で買った小刀も枕の下に入れたままだ。彼との体格差を考えると拳では到底敵わない。何か代わりになるものはないかと辺りを見回す。

「！」

何かが詰まった麻袋の陰に、細身の縄を発見した。きっと、木材などをまとめるのに使っているのだろう。背後から首に縄をかけられれば、抵抗する暇もないはずだ。

音を立てないようにそれを拾い、ヴィルフリードの姿を探した。注意深く周囲を見回しながら、生け垣の裏手に回る。そのとき、立ち並ぶ木々の枝が揺れた気がした。

（あそこか？）

足音を立てないよう近づく。低木の向こうを人影が横切るのが見えた。回り込んだところで待ち伏せることにした。生け垣の陰で息を潜めて待っていたが、なかなかヴィルフリードがやってこない。イライラとしながら彼がいる方向を覗き込んだ瞬間――。

「……っ!?」

背後から抱き込まれ、息を呑んだ。

「おはよう、リシュカ。こんな早朝から探しにくるなんて熱烈だな。そんなに私に逢いたかったのか？」

「会いたかったわけじゃ――」

「その縄で絞め殺すつもりだったか？　上手くいかなくて残念だったな」

「ひゃ……っ」

　耳たぶに息が当たり、変な声が出てしまった。腰を抱き込まれた勢いで足が地面から浮く。耳元で笑われ、リシュカは屈辱に震える。

「現場の下見はしておけ。地の利は私にあるに決まっている。その場凌ぎで上手くいくはずがない」

「……ッ」

　ヴィルフリードの云うとおりだ。行き当たりばったりで暗殺が成功するほど、簡単な相手ではない。

「怒っていると美しさが際立つな」

「な……っ、バカにするな！」

　もはやヴィルフリードからの褒め言葉は、軽んじられているようにしか思えない。

「こ、こら、どこを触って……あっ」

　脇腹に食い込む指の感触の擽ったさに身を捩《よじ》っていたら、うなじに口づけられ、キツく吸い上げられた。甘い声が出てしまった自分が恥ずかしく、カッと顔が熱くなった。

「こっちは命を狙われてるんだ。その対価くらいもらっても罰は当たらないだろう」

「やっ」

ヴィルフリードの手で体を撫でられると、触れられた部分が熱くなってしまう。ぞくぞくと背筋が震え、腰の奥が甘く疼いた。

（何だ、この反応は……！）

リシュカは自らの体の変化に戸惑いを覚える。

「ちゃんと食べているか？　君はもっと肉をつけたほうがいい」

あの夜、一晩かけて体に覚え込まされた快感の記憶が蘇る。気持ちよさに翻弄され、我を失い、自分ではないかのように乱れてしまった。

「や……め……」

ヴィルフリードはどうせ自分を殺すことなどできやしないと高を括《くく》り、リシュカを揶揄《からか》って退屈を紛らわせているのだろう。云うなれば、オモチャにしているのだ。

服の下に忍び込んできた手は薄い腹部を撫で、臍《へそ》を指先で擽り、やがて胸の先に触れてくる。

「あっ」

すでに硬く尖っていたそこを押し潰され、甘ったるい声が出てしまった。このままでは、また自分が自分でなくなってしまう。二度とあんな状態にはなりたくない。

「離せと云ってる……！」

リシュカは全力で抗《あらが》い、ヴィルフリードの腕の中から逃げ出した。これ以上触れられていたら、どうしようもない状態になってしまう。

「残念。楽しませてもらえると思ったんだがな」

「……どうせ手を抜いていたくせに」

ヴィルフリードが本気だったら、あの腕の中からは逃れられなかったはずだ。現に腕から転び出て距離を取ったリシュカを、敢《あ》えて再び捕らえようとはしてこなかった。

彼にとって、リシュカは猫の前に飛び出したネズミのようなものなのだろう。戯れに自由にさせて弄《もてあそ》ぶ。オモチャ扱い以上の何ものでもない。

（もう暗殺なんてやめだ）

こそこそ命を狙うなんて、初めから性に合わなかったのだ。ヴィルフリードがふざけた扱いをするのは、リシュカのことを舐めているからだ。その油断を逆手に取ってやる。

「――僕と決闘をしろ」

「決闘？」

「そうだ。正々堂々、一対一で勝負しろ。君は退屈してるんだろう？」

身長も体重も負けているのだから、力比べで敵うはずがない。だが、刃と刃なら勝機はある。リシュカに実戦経験はないけれど、ユシュタル皇国では負け知らずの騎士なのだ。

リシュカの申し出に、ヴィルフリードは愉快そうな表情になった。

「なるほど、確かにいい暇潰しになるかもな。よし、受けて立つ。今日の正午、中央広場でどうだ？」

「それで構わない」

ヴィルフリードが乗ってきたことに、リシュカは拳をぐっと握りしめる。彼にとっては退屈凌ぎでも、リシュカにとっては大きな好機だ。

「手加減はなしだからな」

「もちろんだ。――そうだ、ただの決闘じゃつまらない。賭けをしよう」

「命以外に何を賭けるというんだ？」

「私は君の命を取るつもりはない。代わりに私が勝ったら一つ云うことを聞いてもらおう」

「自分が勝つと思ってるんだな。いいだろう、いくらでも君の云うことを聞いてやる」

「一つで十分だ。ただし、一生をかけて果たしてもらう」

「何をさせるつもりだ？」

「せっかちだな。私が勝ってからのお楽しみだ」

「君が勝つとは限らないだろう」

ヴィルフリードはリシュカに何をさせようというつもりなのだろうか。疑問は残るが、リシュカが勝てばいいだけだ。

「昼が楽しみだな」

「そうやって笑っていられるのもいまのうちだからな」

リシュカはそう宣言し、くるりと踵《きびす》を返した。

＊

部屋に戻ったリシュカは、扉に鍵をかけ、大きく息を吐いた。

（……緊張した）

決闘の約束を取りつけたことは、自分でもいい判断だったと思う。相手の命を奪ったとしても罪には問われないとなっているからだ。確認はするつもりだが、決闘の作法はユシュタルもレアリウスも然程《さほど》変わりはしないだろう。

立ち会いの下、一対一で刃を交える。弓などの飛び道具は礼儀に反するが、手にする武器は決まっていない。剣でも斧《おの》でも構わないし、己の拳だけでもいい。

近年、ユシュタル皇国では命を賭けての決闘が行われたという話は聞いたことがない。果たして、こちらの国ではどういう規定になっているのだろうか。

立ち会いはきっと副官のアロイス辺りに頼むことになるだろう。

リシュカが本気でヴィルフリードに危害を加える気でいるとわかったら、止めに入ってくるかもしれない。そうなる前に決着をつける必要がある。長引けば長引くほど、リシュカは不利になる。

（とにかく、先手必勝だ）

寝台に腰を下ろし、作戦を練っていたリシュカだが、段々と集中できなくなってきた。思考が散漫になり、考えがまとまらない。

「……」

さっきから意識しないようにしているのだが、ヴィルフリードのせいで中途半端に熱くなった下腹部はまだずきずきと疼いていた。

（どうして治まらないんだ……？）

思春期になり、教育係から自慰と性交の方法を教えられたが、これまで自慰なんて数えるくらいしかしたことがない。

時折起こる生理的な反応など、時間が経《た》てば勝手に治まるものだった。なのに、いまは治まるどころか嘘みたいに硬くなっている。そうこうしているうちに、キャスが朝食を届けにきてしまう。彼にこんなみっともない姿を見せるわけにはいかない。

「……仕方がない」

自分に云い訳をするかのようにそう呟き、リシュカは下着の中に手を差し込んだ。覚悟を決めて触れた自分のそれは、想像以上に熱くなっていた。

　右手で握り込んだ昂ぶりは、ドキドキと激しく脈打っている。たったあれだけの接触でこんなにも変化してしまう自分の体が憎らしい。

　そういう欲求が薄い体質だと思っていたが、快楽というものを知らなかったせいなのだろうか。ヴィルフリードに触れられたときの自分は、自分でないみたいに快楽に弱かった。いまも残る体を弄られる感触に、ずきずきと腰の奥が疼いている。

「……ッ」

　羞恥を堪え、自らの指を動かした。少し力を込めて、繰り返し擦る。以前と同じようにしているのに、何故か体はちっとも満足しなかった。

（どうして……？）

　気持ちよくなくはないが、求める刺激には程遠い。彼に教え込まれた快感のせいで、自分の指では満足できなくなってしまったのだろうか。

　やむを得ず、あの夜の記憶を辿る。覚えているとおりに括《くび》れを擦り、先端の窪みを弄ってみると、思わず喉の奥から声が出た。

「あっ、ン、んんっ」

　目を瞑り、ヴィルフリードの指の感触を思い出す。むずむずした感覚が我慢できなくなり、もう一方の手で服の中を探る。躊躇いながらも、硬くなった乳首に触れた。

「……っ」

彼に触れられるまで、こんな場所を意識したことはなかった。なのに、いまは刺激を求めて疼いている。羞恥心を堪え、彼にされたように優しく撫でてはキツく抓《つね》る。

思い出したくない記憶に頼るしかないこの状態が腹立たしいが、愛撫《あいぶ》を繰り返していると、段々息が上がってきた。

――リシュカ。

（あいつの声なんて思い出したくないのに……）

意識を逸らそうとすればするほど、声音や手の感触が生々しく蘇ってくる。

「あ、はっ……」

夢中になって、自分の体を慰める。やがて限界まで高まると、リシュカは自分の手の中に生温かい体液を吐き出した。終わりを迎え、満足感に浸れたのは一瞬のことだった。平静を取り戻すと、すぐに頭の中が冷えて虚しさが込み上げてくる。

「……僕は何をやっているんだ」

リシュカはバツの悪さを噛み締めながら寝台に倒れ込み、穴に入る代わりに枕に顔を埋《うず》めたのだった。

9

「苦しいところはないですか？」

「ああ、問題ない」

「リシュカ様、頑張ってくださいね」

「――――」

　鎧を身に着けるのを手伝ってくれたキャスが無邪気に応援の言葉をかけてきたけれど、リシュカは振り返ることなく無言で返す。

　ヴィルフリードと手合わせをするという話は、あっという間に砦中を駆け巡った。兵士たちは本当に退屈していたと見え、すでにお祭り騒ぎとなっている。

　そんな賑やかさとは裏腹に、リシュカは緊張に身を包んでいた。全身の神経はすでに張り詰め、指先は冷え切っている。

（……何もかも、今日でおしまいだ）

　過度な緊張感は逆に足を引っ張りかねない。静かに深呼吸を繰り返して体を解《ほぐ》していきながら、集中力を高めていく。

「どうかお気をつけて」

　キャスに見送られて屋敷を出ると、広場からいつにない喧噪《けんそう》の気配が伝わってくる。見張りの任務についている者以外は広場に集まってきているようだ。彼らが慕うヴィルフリードの命を奪うためにリシュカが決闘を申し入れたなどとは、露ほども想像していないのだろう。

　脛《すね》当《あ》ての内側に市場で買った小刀を密かに忍ばせ、広場に続く階段を降りていく。その先ではヴィルフリードが待ち受けていた。

「来たか」

「……っ」

　戦いの準備をすませたヴィルフリードの姿に、思わず息を呑む。磨き上げられてはいるものの、数多の傷が刻まれた漆黒の鎧は存在感が違った。

　普段着でも憎らしいくらいの美丈夫だが、こうしているとまた格別だ。王族としての気品と戦士としての勇猛さが感じられる。〝黒い雷鳴〟という二つ名はこの出で立ちから来たのだろう。

（本当に腹立たしい……）

　憎むべき男に見蕩れてしまった自分を気まずく思い、ごほんと空咳をする。そして、さっきから抱いていた疑問を口にした。

「しかし、どうしてこんな騒ぎに……」

「私はアロイスにしか伝えていないんだがな。皆、暇を持て余しているんだろう」

「それにしたって、盛り上がりすぎだ。あそこにいるのは賭けの胴元か？」

お祭り騒ぎもいいところだ。見世物どころか賭けの対象となったことには呆れる他ない。

「君は大穴だそうだ」

「まあ、そうだろうな」

普通に考えたら、ヴィルフリードとリシュカでは勝負になるとは思えないだろう。

（確かに、正面から勝負すれば勝ち目はない……）

大穴狙いの彼らを喜ばせることになるのは釈然としないが、この勝負に負けるつもりはない。実質、これが最後の機会になるかもしれないからだ。

「武器を借りたいと云っていたな。好きなものを選べ。君の体格なら、細身の片手剣がいいんじゃないか？」

「——これを貸してくれ」

ヴィルフリードに武器庫へと連れていかれたリシュカは、数え切れないほどの剣や槍《やり》、弓が所狭しと並べられている中から目についた一筋を選んだ。

「本当に自分の剣でなくていいのか？」

「あれは本来は正装用なんだ。戦いのためのものではない」

剣として使えなくはないが、立派なのは見た目ばかりで刃は実用性に乏しい。野盗に襲われなかったら、鞘から抜くことすらなかっただろう。

「なるほど。しかし、君が槍使いとはな」

もちろん剣も使えるし、持参したものも返してはもらえたが、リシュカは槍が一番得意だった。いま手にしているものが、国に置いてきた愛用の槍と長さや太さ、刃の形が一番近かったのだ。

力比べでは到底敵わないだろうが、間合いを取った上での競り合いなら自信がある。槍さえ手にできればヴィルフリードにだって負けやしない。

「それにしても、ここの職人は腕がいいな。鎧がまるで新品のようだ」

修理に出してくれていた鎧を身に着けているが、どこに傷がついていたかわからないくらいの仕上がりだった。

「だろう？　改良もしてあるから、以前よりも丈夫で動きやすくなっているはずだ」

確かに動きが滑らかだ。試しに肩を動かしてみると、これまであった引っかかるような感覚が一切なくなっていた。まるで身に着けていないときと同じように手足が動く。

（本当にすごいな……）

この国の技術の高さにはまったく感心する。どんなことにも創意工夫が見られる。何事もよりよいものにしようと思うことが、発展に繋がっているのだろう。

「――何だ？」

ヴィルフリードが、しげしげとリシュカの姿を眺めていることに気がついた。

「……いや、その鎧、実用品としてはともかく、意匠や造形は本当に素晴らしいと思ってな。特別にあつらえたものなんだろう？」

「ああ、そうだ。ユシュタル屈指の職人の手によるものだが、何が云いたい？」

「白銀の地に金の細工が、君によく似合ってる。それを身に着けていると、美しさが一層際立つな」

「！」

相変わらずの飾りのない褒め言葉は、リシュカの調子を狂わせる。

「……世辞を云ったところで手加減はしないからな」

「素直じゃないな。本心からの言葉なんだが」

憎まれ口の応酬をしていたら、正午を知らせる鐘の音が鳴った。

「そろそろ時間だ」

観客たちのざわめきも大きくなり、気持ちが引き締まる。借り受けた槍をくるりと回し、握り直す。兵士たちが見守る中、広場の中央へと足を踏み出した。

「両者、前へ！」

アロイスの鋭い声がざわめきの中で鋭く響く。取り囲む兵士たちが固唾を呑んで見守る中、リシュカは一歩二歩と前に出た。

ヴィルフリードが手にしているのは、砦の兵士たちが使っている汎用の剣だった。彼の愛剣は黒光りする大剣だと聞いている。借りた得物で戦うリシュカに条件を合わせたのだろう。

「反則行為は特にありません。ですが、危険な様子が見えたら、中断させることもありますからご了承ください」

アロイスの申し出は、リシュカのことを心配してのことだろう。

「真剣勝負に無粋だな。お前は黙って見ていろ。リシュカもそれでいいな？」

「……ああ」

（中断される前に仕留めるしかない）

リシュカは深呼吸をし、顔を上げる。槍を構えて向かい合った瞬間、ぶるりと体が大きく震えた。

ただそこに立っているだけなのに、否応なく圧倒される。

「……っ」

剣を構えたヴィルフリードは、針の穴ほどの隙すらない。さすがは〝黒い雷鳴〟だ。百戦錬磨は伊《だ》達《て》ではないらしい。

戦場を経験したことがないリシュカが、圧倒的に不利だということはわかっている。だが、リシュカも遊びで臨んでいるわけではない。謂《い》わば、いまが初戦だ。

「始め！」

アロイスの声と共に、リシュカは地面を蹴った。振りかざされる剣の閃《ひらめ》きを躱《かわ》し、槍を突き入れるが避《よ》けられる。当然、一発で決まるとは思っていない。

先手を取られる前にとリシュカは片足で弧を描き、彼の胴に蹴りを叩き込んだ。

（硬い……っ）

やはり、リシュカの体技ではびくともしない。まるで大木のような感触が脛当て越しに伝わってくるだけだった。

「その程度か？　口ほどにもないな」

揶揄うような物云いの直後、弧を描くように横薙ぎに入ってきた剣から跳躍して逃げ、浮いた状態でヴィルフリードの肩を蹴り飛ばした。

「……ッ」

小さく呻《うめ》き蹈鞴《たたら》を踏んだヴィルフリードから離れた位置に、リシュカは音もなく着地する。

「おおおお！」

「細っこいわりにやるじゃねーか！」

一瞬の静寂のあと、息を詰めていた兵士たちがどっと沸く。ヴィルフリードもリシュカの強さに驚きを隠せないようだった。

「意外にやるな」

軽んじられていたことは業腹だが、いくらかは見返せたことに安堵する。

接近戦で押さえ込まれてしまえば敵わないが、間合いさえ取れれば勝機はある。

「実戦経験がなくとも、腕は磨ける」

「そのようだ」

視線を交わし、相手の出方を窺う。真正面から行っても勝ち目はない。上手く油断を誘う方法はないだろうか。

「次は私から行かせてもらおう」

ヴィルフリードは大きく踏み込み、剣を正面から振り下ろしてきた。

「く……っ」

両手で支えた槍の柄で煌《きら》めく刃を受け止めた。圧倒的な力の差に、地面を踏みしめる両足がずりずりと後退していく。ぴし、と槍が悲鳴を上げ始めた。

このまま耐えているだけではどうにもならない。リシュカは全力を振り絞ってヴィルフリードの剣を押し返し、後方へと飛び退《の》いて体勢を立て直した。しかし、すぐに次の一手を繰り出され、こちらから攻撃を与える暇もない。キィン、と金属同士のぶつかる不快な音と共に火花が散る。

（速い……！）

　連続して繰り出される刃を受け流すのが、リシュカにはやっとだった。ヴィルフリードの太刀筋には無駄がなく、重さがある。それをこの速さで振るえるなんて、人間業とは思えなかった。

「最初の勢いはどうした？」

「この……っ」

「甘い！」

「うあっ」

　一層強く薙ぎ払われ、リシュカは勢いよく跳ね飛ばされた。ズザァッと地面の上を体が滑っていく。

「もう終わりか？」

「まさか」

　リシュカは体をバネにして瞬時に起き上がり、低い姿勢のまま向かっていく。その勢いのまま回転させるようにして繰り出した切っ先は、ヴィルフリードの前髪を数本散らす。

「……！」

　リシュカの槍の切っ先が、ヴィルフリードの頬を掠《かす》めた。赤い線がすっと走る。だが、それ以上傷つけることは叶わず、次の瞬間には邪魔なものを振り払うかのように薙がれた。

　再び距離を取ったけれど、すぐに間合いを詰められる。だが、ヴィルフリードが大きく振り下ろしてきた剣を足場にして跳躍し、頭上を飛び越えた。

「!?」

リシュカの強みは身の軽さだ。相手を動きで翻弄し、その隙をついて急所を狙う。空中で体勢を変え、地面に着地したときの膝の動きを使って再びヴィルフリードに向かっていく。鎧の隙間に向けて槍を突き入れ、決まったかと思った瞬間、黒い鎧は軽やかに切っ先を避けた。

「ちっ」

勢いのせいで体勢を崩しかける。そこへ剣が下から抉るように入ってきた。

「!?」

敢えて地面に転がることで直接斬られることは避けられたけれど、衝撃でリシュカの体は取り囲む観客たちのところまで吹っ飛んでいった。

(一撃の威力が違いすぎる)

こういうとき、体重の軽さが恨めしい。一突きで止めを刺せなければ、じわじわと体力を削られているリシュカのほうが不利だ。

「やるなあ、客人！　ヴィル様をあれだけ翻弄するなんて大したもんだ！」

「私はあんたに賭けてるんだ！　勝ってくれよ！」

「え？」

頭上から聞こえてきた声に目を瞬く。兵士たちがリシュカに賛辞を送っていることに驚き、周囲を見回す。そこで初めて割れんばかりの歓声が響いていることに気がついた。

指一本触れられないだろうと思われていたリシュカが先に、ヴィルフリードに傷を負わせたことに興奮しているようだ。

「思った以上の強さだな」

ヴィルフリードは、頬に滲んだ血を手の甲で拭う。声は弾み、瞳はキラキラと子供のように輝いている。予想外のリシュカの健闘ぶりが嬉しいようだ。

「だから、油断するなと云っただろう？」

起き上がり、槍を握り直す。

「油断していたわけではなかったんだが、ここまでとは」

「でも、甘くは見てただろう？」

「失礼なことをした」

「く……っ」

握り直された剣が正面から振り下ろされる。ヴィルフリードも本気を出してきたようだ。一振りの威力がさっきと段違いだ。

(こうなる前に止めを刺しておきたかったのに)

だが、仕方がない。リシュカも気合いを入れ直し、応戦する。

連続して繰り出される攻撃を受け流しながら、間合いを取るために後退していく。だが、ヴィルフリードの動きは速く、どんどん距離を詰められていった。

「!」

すんでのところで攻撃を受け止めたけれど、完全には防ぎきれなかった。何度目かに打ちつけられた弾みで、槍が見事に折れてしまった。

「あ……っ」

半分に折れた槍はくるくると回転しながら飛んでいき、地面に突き刺さった。

これで勝負は決まったと皆が思ったはずだ。全員が刃先の行方を目で追っている隙に体を屈め、脛当てに忍ばせておいた小刀を取り出した。

リシュカは、ヴィルフリードからもう一撃繰り出される前に間合いを詰めた。

「!?」

驚きに目を瞠るヴィルフリードの顔が間近にある。密着するほど近くまで踏み込み、逆手に握った短剣を首元に走らせようとした。

——その瞬間、躊躇いを感じてしまった。このまま皆の前で命を奪っていいのかと。

「……っ」

その迷いが致命的だった。ヴィルフリードは身を翻して背後に回ると、リシュカの首元にひたりと刃を押し当てる。

「隙あり。私の勝ちだな」

「あっ――」

今度こそ、勝負が決まった。ヴィルフリードの勝利に、兵士たちがどっと沸く。

（僕はどうして――）

手を抜くなと云っていたにも拘わらず、リシュカはあの瞬間、殺意を緩めてしまった。自分の行動が信じられず、呆然とする。手足から力が抜けていき、へなへなとその場にくずおれた。

あの一瞬の躊躇いがなければ、命を奪えていたかもしれない。これが最後の機会だとわかっていたはずなのに――。

「顔を上げてみろ、リシュカ」

膝をついて項垂《うなだ》れていたリシュカに、ヴィルフリードはそう声をかける。負け犬がどんな顔をしているのか兵士たちに見せておきたいのかと悔しさに唇を噛み締める。

（……負けは負けだ）

途中まで有利だったとしても、結果が全てだ。だが、敗者だとしても、悲壮な顔など見せてなるものか。口元を引き締めてから顔を上げたリシュカは、自分に向けられた視線の温かさに気がついた。

「え……？」

割れんばかりの拍手が、砦の中に満ちている。それは勝者であるヴィルフリードを称《たた》えるためのものではなく、リシュカ自身に向けられているのだと気がついた。

「実に素晴らしい戦いぶりだった」

地面に膝をついたリシュカに、ヴィルフリードが手を差し伸べてくる。これまで彼の眼差しに微かにあった同情や慈悲の色は、いまはどこにも残っていない。

躊躇いながら彼の手を取り、立ち上がる。ヴィルフリードはリシュカに向き合い、頭を下げた。

「私は君に詫《わ》びねばならない。一人の人間として尊重していたつもりだったが、一人の騎士としては見くびっていたようだ。これほどの騎士と剣をまみえることができて光栄に思う」

以前なら、同情は不要だと彼の手をはねのけていただろう。だが、心からの言葉だということは十分伝わってきていた。

（僕は彼に認められた……？）

そう自覚した瞬間、胸が熱くなる。他国に轟くほど名を馳せた男に一人の男、一人の騎士として認められたという事実に、云いようのない喜びが湧いてきた。

「お前たち、今日は無礼講だ！　酒と食事を手配しろ。もちろん、賭けの勝者の奢りでな」

兵士たちはどっと沸き立ち、後半の言葉に野次《やじ》が飛び交う。それでも楽しそうに三々五々散っていった。

「俺たちの賭けについてはまた改めて」

「え？」

すれ違いざま、ヴィルフリードの囁きが耳に落とされる。遅れて我に返り、振り返ったときには彼の姿は手の届かないところにあった。

10

「おはようございます、リシュカ様。いい朝ですね」

「お、おはよう」

「リシュカ様、この間は本当に惜しかったですね！　次は頑張ってください！」

「ありがとう」

「この間の立ち会い、感動しました！　今度、私とも手合わせをしてくださいよ」

「機会があったらな」

ツェレンに会いにいく厩舎への道すがら、次々に声をかけてくる兵士たちにぎこちなく受け答えをする。

ヴィルフリードとの決闘のあとから、遠巻きでよそよそしかった兵士たちもリシュカに気安くなった。この国の人々は非道で狡猾《こうかつ》と教えられてきたが、まったくの間違いだ。実際は誰も彼も人懐こい。

（むしろ馴れ馴れしいくらいだ……）

ああして親しげに挨拶をされると心が痛む。キャスを始めとして、皆がリシュカに親切にしてくれる。このぬるま湯のような居心地のよさが余計に苦しかった。

リシュカの正体を知らないから、あんなふうに警戒心もなく笑いかけられるのだ。

彼らへの説明では、リシュカはユシュタルの地方貴族の一人だということになっている。最初のうちは身分を隠していることに気まずさを覚えていたけれど、素性を疑う者は一人としていなかった。

誰にも気づかれないほど皇子らしくないのかと落ち込みかけたこともあるが、むしろヴィルフリードのような王子だとは思えない気ままな振る舞いをする主君を持っていると、固定概念など意味を成さないのかもしれない。

(僕があいつの命を狙っているだなんて、微塵も疑っていないんだろうな)

皆、先日の一件がただの手合わせだったと思っているようだが、リシュカにとっては本気で命を賭けた決闘だったと知ったらどんな反応をするだろう。

「………」

ユシュタル皇国では、同じ騎士団の団員でも会話をしてくれる者はほとんどいなかった。楽しげに話していても、リシュカの姿を見れば押し黙り、気まずげに敬礼されるばかり。

騎士団の団長という立場を与えられたときは、その立場に見合う実力もなかったから皆白けた気持ちでいたのだろう。

第一皇子という肩書きだけが一人歩きし、リシュカ自身を見てもらえることはなかった。

せめて、軽蔑されないよう強くなろう——そう思って、必死に鍛錬を続けた。剣ではなく槍を選んだのは、人に近づく勇気が持てなかったせいかもしれない。

皇子という立場を使い、腕の立つ者たちに師事し、将軍にも稽古をつけてもらった。自らの腕に自信が持てたのは、将軍から一本取れた日のことだ。

しかし、リシュカが強くなればなるほど彼らとの距離は遠くなっていった。そんな中、騎士団で唯一態度を変えずに接してくれていたのは副官であるルクイルだ。リシュカより一回り年上の彼はユスティラの遠縁の血筋だということで、宮殿の騎士団の見習いとして採用されたと聞いている。

皇子の世話係など面倒なこともあっただろうに、彼はずっと兄のように面倒を見てくれ、騎士としての振る舞いや馬の乗り方を教えてくれた。

(いまごろどうしているんだろう……)

こんなとき、彼がいてくれれば心の内を相談することもできただろう。だが、彼の行方は杳《よう》として知れない。決闘という最後の手段も失敗に終わったいま、これから自分はどうすべきかリシュカは答えを出せずにいた。

「おはよう、ツェレン」

落ち込んだ気持ちを紛らわそうと、厩舎で愛馬に明るく声をかける。ツェレンはリシュカに鼻を寄せ、ゆっくりと目を瞬いた。

優しく体に触れ、馬体の確認をする。今日も体調に問題はなさそうだ。

「いま部屋を綺麗にしてやるから」

馬には衛生的な環境が大事だ。快適に過ごさせてやることが世話をする人間の義務だと思う。道具を借り、馬房のボロを順に片づけていく。

こうして厩舎の手伝いをしているのは、何もせずに一日過ごすことにも飽きてきたからだ。

ヴィルフリードが王都に行くのは、まだ先になるらしい。野盗の一掃がすむまで、ここを離れられないとのことだ。彼がいることで抑止になっていることは想像に難くない。

（放っておけば、あの村も襲われかねないからな……）

孤児院の子供たちの顔が脳裏に浮かぶ。彼らの笑顔が曇るようなことはあってはならない。

「ああ、リシュカ様！　お客様なんですから、そんなことなさらないでくださいと……！」

考えごとをしながらボロを片づけていたら、水を汲《く》みにいっていたミシュが飛んできた。毎日手伝いに来ているのに、未だに遠慮がちだ。

「頼むから手伝わせてくれ。この子たちの世話をしていると、気持ちが落ち着くんだ。それに二人でしたほうが早いだろう？」

宮殿では身の回りのことは人にしてもらうことが多かったけれど、馬の世話だけは全て自分でこなした。弟のサーシャはボロの臭いを嫌がって近づくことはなかったが、慣れればどうということはない。厩舎だって綺麗にしていれば悪臭を放つことはないのだ。

「僕、本当にヴィル様に怒られたりしませんか？」

「僕がそんなことはさせないから安心してくれ。ツェレンの世話だって、子馬の頃からずっと自分でしている」

「じゃあ、一緒にお願いします」

ミシュも道具を取りにいき、二人で馬房を整えていく。初めのうちは警戒心を見せていた馬たちも毎日顔を出していたお陰でだいぶ慣れてくれた。

「よいしょ、っと。藁《わら》を持ってきました」

「ここの藁は質がいいな。これなら馬たちも寝心地がいいだろう」

「藁に違いがあるんですか？」

「僕の国は不作が続いているからね。穀物の穂は痩せていて、藁を集めることすら難しい年もあるようだ」

宮殿には十分な量が届くけれど、色の悪い痩せた藁を見れば窮状も伝わってくる。ユシュタルでも新しい農法を取り入れれば、少しは改善するのだろうか。

「この国も五年くらい前に酷い冷夏で、不作続きの頃があったんです。でも、ヴィル様が指導してくださった新しいやり方で収穫の量も質も上がったんですよ」

「すぐには効果は出ないだろう？　収穫量が上向くまではどうしていたんだ？」

「ヴィル様が王都のお城の備蓄を分けてくれて、そのお陰で僕たちは飢えずにすみました」

「もしかして、ミシュも町の孤児院にいたのか？」

僕たちという言葉にぴんと来た。

「どうして知ってるんですか？　あ、そうか！　この間ヴィル様と一緒に町に行ってましたもんね」

「ああ、院長先生にお茶とお菓子をご馳走になった」

孤児院の話になると、ミシュは懐かしそうな表情になった。

「院長先生の作るお菓子はどれも美味しいんですよ。みんな元気にしてました？」

「ああ、ヴィルの土産に喜んでいた。彼も子供たちには敵わないようだな」

「みんな、ヴィル様が大好きなんです。来てくれた日は本当に大はしゃぎで大変なんですよね」

親がいないことで苦労も多かっただろうが、皆、無邪気で快活だった。

「ミシュはどうして砦で働くことに？　町にも働き口はあっただろう？」

「あの孤児院、居心地はいいけど、すごく手狭だったでしょう？　部屋を空けるために独り立ちしようと思ったんです。だけど、住まいを借りるほどのお金はないし、このとおり僕は体も小さいから兵士になる自信はなくて……ヴィル様に相談したら、ここの仕事をくださったんです」

「そういえば、キャスも孤児だったと云っていたな」

「僕たち、兄弟みたいに育ったんです。いまも部屋が一緒なんですよ。ヴィル様には本当に感謝してるんです。僕たちにとっては神様みたいな人です」

「――――」

晴れやかな表情で告げられた言葉が、リシュカの胸に突き刺さる。この少年の敬い慕う相手を、自分は殺そうとしていた。

（このままじゃダメだ）

ここでの生活に慣れれば慣れるほど、この国の人々に情が生まれてしまう。

本音を云えば、ヴィルフリードのことだって憎いわけではない。

無体な目に遭わされたことは恨んでいるし、人を揶揄うような態度には苛つくけれど、本質的に悪い人間でないことはわかっている。

国にいたときは、正義は一つしかないと思っていた。だが、それぞれに立場があり、それぞれの視点があるということを、この国に来てリシュカは学んだ。

「もうこれ以上は乗らないかな。一旦、堆肥置き場に持っていくので、ここ任せちゃっていいですか？」

「もちろん。残りもやっておくよ」

ボロを手押し車で運んでいくミシュを見送り、残りの藁を馬房に敷いて回る。すると、一番奥まで来たところで、用具置き場の暗闇から不審な物音が聞こえた。

「誰だ!?」

　この砦内の人間なら、気配を消して潜んでいるはずがない。リシュカはにわかに警戒し、手にしていた三つ叉《また》を構えた。

「私です、リシュカ様」

「その声……まさか……」

　よく知った声音に驚くと共に、リシュカはぱっと表情を輝かせた。

　薄暗い中でも緩く波打つ赤毛やすらりとした長身は見間違えようがない。声の主は、親善使節の護衛として同行していたルクイルだった。

　どこで拝借したのか、砦の兵士と同じ格好をしている。目立つ赤毛さえ隠してしまえば、兵士たちに紛れてもわからないだろう。

「はぐれてしまい心配しておりましたが、リシュカ様がご無事で安心いたしました」

「僕は息災だ。よかった、お前も無事だったんだな。こちらに来て、よく顔を見せてくれ。いままでどうしていたんだ？」

「しっ、お静かに。そのままでお聞きください」

「え？」

　近くへ呼び寄せようとしたが、何故か制止された。

「私がここにいることは、他の者に知られないほうがよいかと。忍び込んだことが明るみになれば面倒なことになります」

「そ、それもそうだな……」

対象である当人には知られているけれど、他の者は誰もリシュカの目的を知らない。ここでルクイルの存在まで明らかになると、事態がややこしくなる。

「ルクイルはいままでどうしていたんだ？」

「襲ってきた野盗たちに応戦しているうちに、あの場から遠ざかってしまって……気がついたら森の中で意識を失っていました。護衛の任にあるというのに、本当に申し訳ありませんでした」

「いいんだ、お前が無事で本当によかった」

「他の者たちも散り散りになってしまったようで……。あれからリシュカ様の行方を捜していたのですが、この砦に連れていかれたとわかり、どうにか忍び込むことができました。レアリウスの人間に捕らえられ、辛い目に遭っていないかと心配しておりましたが、お元気そうで何よりです」

「ここの人たちはよくしてくれている。意識を失っていた僕をヴィル——ここの兵士たちが助けてくれたんだ」

ルクイルには、皇帝からのヴィルフリード暗殺指令のことを知らせていない。それでも、命を狙っている相手に助けられたというのはバツが悪く、曖昧に濁してしまった。

「ところで、ここにどうやって入ってきたんだ？」

「西側の森の中を越えてレアリウス側に入り、荷車に紛れて忍び込みました。森が深いぶん、見張りが手薄でしたので」

正面から砦を訪ねなかったのは、状況がわからなかったからだろうか。

他国を通じて入ってきた情報を把握していても、国交のない隣国の騎士が単身訪ねてきた場合、どんな扱いになるかはわからない。

「それにしても、敵の懐に入り込むとはさすがはリシュカ様です」

「いや、それは……」

懐に入り込んだわけではなく、手の平の上で踊らされているだけな気がする。意識のないところを保護され、手厚く持てなされているが、どれもこれもヴィルフリードの気まぐれの産物だ。

「先日の手合わせでは惜しいところでしたね」

「あれを見ていたのか？」

「ええ、陰ながら見守らせていただいておりました。ヴィルフリード将軍を相手に見事でしたよ。今回は残念でしたが、すぐに次の機会が出てきます。気を落とされませんよう」

含むような物云いにすっと胸が冷える。

「――ルクイル、お前、陛下からの命のことを知っているのか？」

「はい、ユスティラ様からリシュカ様を密かに手助けするようにと仰せつかっております」

「そんなこと一言も……！」

リシュカに課せられた使命があること、それが義母ユスティラから伝えられただけでなく援護まで頼まれていたなんて思いもしなかった。

（僕だけでは信頼に足らなかったんだろうか……）

リシュカの落胆を察したのか、ルクイルが言葉を重ねる。

「私が知っていては、重圧を感じかねないでしょう？　私に黙っているようにおっしゃられたのは、リシュカ様には憂いなく務めを果たしていただきたいというユスティラ様のお心遣いからでしょう」

「そうか……」

ユスティラの思いやりなのだろうが、やはり半人前と思われている証拠だ。自分を見込んでくれた故の密命だと思っていたリシュカの落胆は拭えなかった。

「しかし、手を焼いているご様子。よろしければこちらをお使いください」

暗闇から投げ渡されたものを反射的に受け止める。握った手を開くと、透明な液体が入った小瓶だった。

「これは？」

「万が一のときのためにと、ユスティラ様から預かってきた毒薬です」

「毒――」

瓶の中に入っているのだから現状何の影響もないのだが、手の中に毒薬があると思うとにわかに緊張する。出立前に渡されていた短剣に塗られていた毒と同じものだろうか。

結局、こうしてルクイルに尻拭いをされている以上、保険をかけておいたユスティラの判断は正しかったのだろう。期待もされておらず、こうして手助けされなければ役目一つ果たせない自分の情けなさに歯噛みするしかなかった。

「この毒は針の先ほどの量で体を麻痺《まひ》させます。無味無臭のため数滴飲み物に混ぜれば、苦しむことなく永遠の眠りにつくことでしょう。あやつはリシュカ様に心を許し始めている様子。酒などに仕込むくらい容易《たやす》いのでは？」

「………」

鍵のかかっていないヴィルフリードの寝室に忍び込むことは容易だ。リシュカの攻撃には敏感だが、毒を仕込んでおくだけなら成功率も上がるかもしれない。だが――。

「時機というものもございます。あまり時間をかけられますと、今後にも影響してきますので」

ルクイルの言葉にはっとする。こうして彼がリシュカの前に現れたのは、ヴィルフリードの暗殺にこれ以上時間をかけられないということを伝えるためだったのだ。

彼の目には、自分が緊迫感もなく過ごしているように見えたのかもしれない。

「実行の後《のち》、合図を出していただければ脱出の手助けに参ります。そうですね、東側の窓を片側だけ大きく開けておいてください。そのときはまたこの厩舎で落ち合いましょう」

ルクイルはそう云ったあと、外衣の頭巾を被り、すっと厩舎の暗闇に気配を消した。

「あっ、ちょっ……」

慌てて呼び止め、彼がいたと思しき場所を覗き込んだけれど、そこにはもう誰の姿もなかった。

「――――」

リシュカは透明の液体が入った小瓶を握りしめ、その場に立ち尽くす。

「……リシュカ様？　そんなところでどうしたんですか？」

ミシュの声に我に返り、リシュカは小瓶を服の中に隠した。

「！　あ、いや、ちょっと休憩していただけだ」

「そろそろ朝食の時間ですもんね！　たくさん手伝ってもらっちゃってすみません」

「いいんだ、僕が手伝わせてくれと云ったんだから」

「そういえば、リシュカ様は朝食はどこで召し上がっているんですか？」

「キャスが部屋に運んできてくれるんだ」

「お一人で召し上がってるってことですか？」

「ああ、そうだが……」

昼食や夕食はヴィルフリードと一緒に摂らされることが多いが、朝食は一人で食べている。

「それなら私たちと一緒に食堂で食べませんか？　みんな一緒のほうが美味しいですよ。キャスには私から伝えておきますから」

「それは是非――いや、今日は部屋に戻るよ」

何も考えずに誘いに応じようとしたリシュカだったが、胸元に潜ませた小瓶の感触に頭が冷える。

自分のやろうとしていることを思えば、彼らと親しくする権利などない。

「そうですか……？　じゃあ、また今度一緒に食べてくださいね」

「……機会があったらね」

ミシュに向けた笑顔が引き攣《つ》っていることは、自分でもわかっている。

（心臓が痛い）

これは罪悪感だ。

彼らの笑顔を奪うことが、本当によりよい未来に繋がるのか――リシュカは答えを出せなかった。

11

「…………」

手の平の中の小瓶をじっと見つめながら、リシュカは己の気持ちと任された使命の狭間《はざま》で揺れていた。ヴィルフリードの部屋には、鍵がかかっていない。不在時にこの毒薬を飲み物にでも仕込めばいいだけだ。

一度は彼の部屋に忍び込んでみた。棚に置かれた酒に仕込むこともできたけれど、どうしてもその踏ん切りがつかず何もせずに戻ってきてしまった。

落ち着かない気持ちを持て余し、何気なく窓の外に視線を向けると雫《しずく》型の月が目に入った。

今夜の月は一段と見事だ。リシュカは小瓶を胸元に忍ばせ、風に当たるためにバルコニーに出ることにした。

（父上もこの月を見ておられるだろうか……）

どんなに遠くても、空は繋がっている。リシュカの知る父は平和を愛し、民のことを一番に考えている高潔な人物だ。父はどんな気持ちで戦の道を選んだのだろう。

その判断が招く結果がどうあれ、意向に従い、支えていくことが忠義だと思っている。なのに、躊躇いは日々大きくなっていた。

冴《さ》え冴《ざ》えと輝いている月を見上げていたら、背後から声がした。

「こんなところで何をしているんだ？」

「！」

振り返ると、ヴィルフリードが立っていた。

（どうしてここに——ってそうか、向こうの部屋と繋がってるんだっけ……）

ヴィルフリードも、この月の輝きに誘われて出てきたのかもしれない。

「里ごころがついて独り寝が寂しくなったか？」

「眠れなくて風に当たりにきただけだ。そういう君こそどうしたんだ」

「私もだ」

そう云って、ヴィルフリードはリシュカの隣に来る。

（部屋に戻らないのか？）

彼と月をのんびり見る気分になどなれない。彼が戻らないのなら自分がと踵を返して行こうとしたら、腕を摑んで引き留められた。

「どこに行くんだ」

「部屋に戻る」

「眠れないんだろ？　少しつき合ってくれ」

そう云って、杯を掲げる。どうやら寝酒を嗜《たしな》んでいたらしい。

「酒を飲む気はない」

「ただ隣にいてくれと云ってるんだ。君も月を見ていたんだろう？」

「独り寝が寂しいのは君のほうじゃないか」

呆れた眼差しを向ける。

「そのとおりだ」

リシュカの憎まれ口に笑い声を上げたヴィルフリードは、それきり黙り込んだ。日中は詮ないことをべらべらと喋っているくせに、いまはただ静かに酒を飲んでいる。

（気まずい……）

いないものとして扱えばいいものを、どうしても意識してしまう。手すりに体を預け、無言で杯を傾ける姿には普段の快活さは見当たらなかった。

いまが毒を使う絶好の機会だ。しかし、どうしてもリシュカにはその決心がつかなかった。

ちらりと視線を向け、ヴィルフリードの横顔を窺う。どこか寂しげで頼りなさげに見えるのはどうしてだろう。剣を振るい、気迫だけで圧倒してきた男と同一人物だとは思えなかった。

そもそも、ヴィルフリードの行動にも矛盾が多い。だからこそ、一挙手一投足が気になって堪《たま》らないのだ。

「……君はどうして自分の命を狙っている人間を近くに置いてるんだ？　この前の決闘だって、僕は本気で君を殺す気でいたんだぞ」

沈黙に耐えきれなくなり、予《かね》てからの疑問を口にする。口火を切ったリシュカに、ヴィルフリードは口の端を持ち上げた。

「死にたいから……と云ったら信じるか？」

「真面目に答えてくれ」

ムッとして云い返すと、ヴィルフリードは小さく肩を竦めた。

「私は真剣に答えている」

「本気で死にたいなどと云ってるのか？」

「もちろん。一日でも早く天に召されたいと思ってるよ」

ヴィルフリードの返答に、リシュカは目を瞠る。一国の王子が死にたいなどと軽々しく口にしていいことではない。この男は自分の立場をわかっているのだろうか。

「君はもし、本当に僕に殺されたらどうなると思っているんだ？」

のらりくらりとした返答しか得られずイライラする。リシュカは質問の仕方を変えた。

「どうって？」

「君ほどの男が他国の人間に殺されたら、その穴を誰が埋める？　国が混乱するとわかっているだろう」

　内外にその名を轟かせた男が死ねば、いまの安定も均衡を崩すだろう。ユシュタル皇国のようにレアリウス王国に攻め込もうと狙いを定めている国が他にないとも限らない。

「心配ない。私がいなくなっても、この国には兄上がいる」

「君の兄君は武勇には長《た》けていないと聞いたが……」

「軍に司令官が必要なら、アロイスがいる。彼がいなくなっても、直《じき》にまた有能な人間が現れるだろう。この世に替えの効かない人間なんていない」

「そんなこと――」

　ないとは云いきれない。どんなに権力があり、唯一無二だと思われていても、世界からしたら歯車の一つでしかない。死んでしまえば、その代わりとなる誰かが現れる。

　もし平民の家に生まれていたとしたら、リシュカだって違う人生を歩んでいただろう。

「死んでもいいと思っているのは、兄君との不仲が原因なのか？」

「早耳だな。もうそんなことまで知っているのか」

　リシュカの直截《ちょくせつ》な問いに、ヴィルフリードは目を瞠った。

「……町で小耳に挟んだだけだ。君と兄君は不仲で、国民は兄君より君を次期王に望んでいると」

「私は本当に王という柄ではないんだがな。皆の云うように兄弟仲はいいとは云えない。だが、揉《も》めているわけじゃない。私が兄上に疎まれているんだ」

「何かあったのか……？」

「いつまで経っても好き勝手に行動する私をずっと厭《いと》っていたようだが、決定的だったのは恐らくあのときだ――。臣下の間から、次期国王に私を推す声が上がった。父上や私は否定したのだが、兄上は深く傷つかれてしまったんだ」

「それは――」

「私は地位も権力も興味はない。王族としての義務は果たしていくつもりだが、国を治めるような器《うつわ》じゃないこともわかっている。王座には兄上がつくべきだし、何度も兄上の力になりたいと告げた。しかし、疑心暗鬼になった兄は口も利こうとしてくれない」

そう語るヴィルフリードの眼差しは、ここではないどこかを見つめているようだった。厭世的な空気を感じていた理由がようやく摑めた気がした。

リシュカを押し倒したときは自信家で傲慢な顔をしていたくせに、いまは迷子になった少年のような心許なさがあった。

「…………」

彼の気持ちは痛いほどよくわかる。リシュカも皇帝である父との関係が上手くいっていない。何がきっかけだったのかはわからないが、ある日突然冷ややかな態度を取られるようになった。

　不興を買ったのなら謝りたいし、誤解があるのなら解かせてもらいたい。だが、いまは以前のように声をかけることさえ許されない。

「君の兄君は誰かに焚《た》きつけられているのだろう？　その者たちを遠ざければ――」

「兄上がいま心から信じている者たちを排除すれば余計に角が立つ。関係の修復は難しいだろう。だとすると、私にできるのは国が間違った方向へ進まないようにすることだけだ。国内で争いの種になるくらいなら、私は死んだほうがいい」

「……戦で前線に出ていたのはそのためか」

「戦いの中で散れば、信念に違うことなく、国の役に立つこともできる。そうやっていればいつか私の気持ちを兄上に信じてもらえるのではないかと思っていたんだ。だが、皮肉なもので私が武勲を立てれば立てるほど、兄上の気持ちは遠ざかっていった」

「戦死するには強すぎるだろ……」

「はは、違いない。自分でもあれほど戦に向いているとは思わなかった。近頃は戦もなくなり、どうしたものかと思案していたんだ。そんなとき、君に命を狙われたというわけだ」

「君は僕を利用しようとしたということか」

「利害が一致しているだろう？　君になら殺されてもいいと思ったんだ。私がいなくたって、我が国はユシュタルに負けはしない。私が死んだことを利用すれば、国の結束だってもっと固くなるだろう？　そうすれば、やがて王位を継ぐ兄上の力になれる」

「――聞いていれば兄上兄上と、君が大事に思うのは兄だけか？」

苛立ちを抑えきれず、責めるような物云いになる。

「リシュカ？」

「死ねば君は楽になるだろう。だが、君を慕う民や子供たち、この砦にいる部下たちが悲しむことを考えろ！」

「…………」

ヴィルフリードはぽかんとした間の抜けた顔でリシュカを見つめている。

「……何だその顔は」

「あ、いや、すまない。だが、君だって自分の命と引き換えに私を殺すつもりだったんだろう？」

「そ、それは――」

逆に問い返され、我に返る。いまの言葉は彼の命を狙っているリシュカが口にするには陳腐すぎたと気づき、かあっと顔が熱くなる。

「私も君に訊きたい。決闘のとき、私に止めを刺せただろう。どうして手を抜いた？　私の命が欲しかったんじゃなかったのか？」

「あれは……！　大勢の前で止めを刺すのは可哀想《かわいそう》だと思っただけだ」

ヴィルフリードに口早に云い訳をするが、本当のところは違う。あの瞬間、どうしても体が動かなかった。

「本当に君は嘘が下手くそだな、リシュカ。嘘をつくとき握りしめた手の平に爪を立てていることに気づいているか？」

「……！」

自分でも知らなかった癖を指摘され、ぎくりとする。慌てて手を開いて見てみると、爪の跡がくっきりと残っていた。

「私の暗殺は本当は君の独断などではないんだろう？」

「そんなこと――」

不意打ちの問いかけに、言葉に詰まってしまう。否定しようとしたが、こんなに動揺していては肯定したも同然だ。

「教えてくれ。どうして皇子の君がこんなことをやってるんだ？」

「何でそんなことを聞く？」

「君のことを身も心も全て知りたいからだ」

「……物好きだな」

「君は私のことを色々知ってるのに不公平じゃないか？」

「それはそうかもしれないが……」

　彼のことだけでなく、この国の人々を知ってしまったからこそ、一層罪悪感を覚えるようになってしまった。

「何を聞いても他言はしない。だから、君のことも教えてくれ」

　杯を奪い取り、残りの酒を一息に飲み干す。喉を焼く感覚に噎《む》せそうになるのを必死に堪えて大きく息を吐いた。

「いま我が国はどうにもならないくらい疲弊している。何もせず手をこまねいていれば、滅びへの道を歩むだけだ。民を救い、父の理想を叶えるためには僕は何だってする」

「戦をしかけようとしているのは皇帝、君の父上なのだろう？　やはり、彼に私の暗殺を命じたのは皇帝ではないのか？」

「違う！　父上——皇帝陛下は戦を望むような人ではない。父上は、レアリウスの民が圧政に苦しめられていると胸を痛めておられた。だからこそ、ユシュタルの配下にすることで、皆を解放したいと思われていたんだ。きっと、苦渋の決断だったのだろう。だからこそ、戦の被害を最小限に止めるため君を亡きものにしておこうと義母上が……」

「義母上？」

「この命を伝えてくれたのは、義母であるユスティラ皇妃だった。皇帝陛下からは直接お言葉をいただいたわけではない……」

「義母というのは皇帝の側室のことか？」

「いまは正妃だ。僕の母は僕が幼い頃に病気で亡くなった。それから、ユスティラ様が僕を育て、色んなことを教えてくれた」

「……なるほど、君に出任せを吹き込んだのはそいつだな」

「失礼なことを云うな！」

　断定口調で云われ憤る。

「だって、そうだろう？　私たちが圧政を敷き、民から搾取しているなんて、捏造《ねつぞう》にもほどがある。悪意があるとしか思えない」

「それは――国交が途絶えていたんだ。外から伝わってきた話が、どこかで取り違えられた可能性もあるだろう」

　父も彼女も誰かに偽りの知識を教えられていただけのことだろう。他国との貿易も先細りだということを考えると、最新の情勢を知るのは難しいのだから。

「なあ、もしかして君に暗殺を指示したのは義母の独断で、お父上はご存じないのではないか？」

「どういう意味だ？」

「本当に君を大事にしているのなら、わざわざ義理とは云え息子を暗殺者に仕立てるとは思えない」

「僕にしかできない大役だからと……」

「だが、私を殺せたとして、その後、君はどうなる？」

「それは――」

レアリウス軍に捕らえられ、二度と自国の地を踏めない可能性が高い。

「母親なら戦に送り出すことさえ辛いはずだ。引き留めることができずとも、無事に帰ってきて欲しいと願うものだろう。こんなことは云いたくはないが、君は捨て駒にされたも同然だ」

「そんなことがあるものか！　ユスティラ様は母を亡くした僕にずっとよくしてくださっている！　何より父上との仲を取り持とうとしてくれていて――」

「お父上と上手くいっていないのか？」

「……っ」

　思わず口をついて出た言葉を拾われる。

「……ある日突然、遠ざけられるようになった。理由はわからないが、何か僕が不興を買うようなことをしてしまったのだと思う」

「……そうか。君も私と似たような立場というわけだな」

「――」

「いまの段階では真実はわからない。ただ、君を陥れようという気持ちがなくとも、義母が先走った可能性もなきにしもあらずだろう。そもそも、護衛が君を置いて全員逃亡したことも気になっていたんだ」

「全員では……」

ない、と云おうとしたけれど、途中で口を噤《つぐ》む。砦に忍び込んできたルクイルはリシュカの前に姿を現したけれど、彼は自分を救出に来たわけではなかったことを思い出した。

ヴィルフリードの冷静な指摘が、リシュカの心に小さな疑いの気持ちを生じさせる。

「この件は私に預けてもらえるか？　君の護衛の行方を本格的に調べさせる。私も戦はしたくない。別に国がどうこうって話じゃない。子供たちや民の生活を守りたいだけだ。彼らの幸せが続くのならそれでいい」

「僕だって――」

ヴィルフリードの思いはリシュカの抱いているものとそう変わらない。自分を含め、皇族、貴族は市井の人々のお陰で生きている。彼らの生活を守ることが、立場ある者の義務だ。

ヴィルフリードを殺すことが両国にとっていい選択であるはずがない。リシュカにも、もうそれはわかっていた。

「わかった。なら、これも一緒に預かってもらえるか？」

胸元から取り出した小瓶をヴィルフリードに手渡す。

「これは？」

「毒薬だ。針の先ほどの量で体の自由を奪い、数滴使えば死に至らしめることができるらしい」

「私に使うものじゃないのか？」

「毒殺なんて卑怯《ひきょう》な真似は僕の信念に反する」

口早に云い訳を口にする。寝込みを襲っておいていまさら何をと云われるかと思ったが、ヴィルフリードは小さく笑う。

「――やっぱり、君は私の思ったとおりの人物だな」

「な、何を云っている」

「このまま国に帰らず、ここで暮らさないか？」

「はあ？」

「砦の皆も君を気に入っているし、君だってここの暮らしを悪くないと思っているだろう？」

ヴィルフリードの提案にドキリとする。心が揺れたけれど、そんなことできるはずがない。

「バカなことを云うな」

ここでずっと暮らしていけるなら、どんなにいいだろう。難しいことを考えず、季節を感じ、馬の世話をして過ごす生活は幸せに決まっている。

だが、自分はユシュタル皇国の皇子だ。どこにいようが、皇子として生まれた義務がある。

「酒も飲み終わっただろう？　いい加減、体が冷えたから部屋に戻る」

「もう少しだけ一緒に月を見ていてくれないか？　体は私が温めてやる」

「！」

後ろから抱き込まれ、ローブと共に彼の腕に包まれる。体を覆う温かさに、何故か胸が切なく締めつけられた。

「……少しだけ、なら」

包み込む温かさに身を任せる。傷を舐め合っているだけなのかもしれない。だけど、いまはこの温《ぬく》もりに身を任せていたかった。

髪に鼻先を埋められている感触がする。

「おい、ちゃんと月を見ているのか？」

上から視線を感じ、苦言を呈する。

「ああ、ちゃんと見ている」

顔を上げると、唇を塞がれた。柔らかく温かな感触を当たり前のように受け止めている自分に驚きつつ、リシュカはそっと目を閉じた。

唇の合わせめを舐められ、薄く口を開けると、そこから舌先が忍び込んできた。

「ん……」

不慣れながらも、リシュカからも口づけに応える。舌が触れ合うと、全身がぞくぞくと震えた。

「今日はずいぶん大人しいな」

「ふ、不憫《ふびん》な立場の君を慰めてやろうと思っただけだ」

自分の言動に自分でも驚いていた。もしかしたら、ほんのりと酒の香りがするヴィルフリードの唇に酔わされたのかもしれない。

「同情されるのは好きじゃないが、たまにはいいこともあるんだな」

ヴィルフリードは小さく笑い、再びリシュカに口づける。

（どうしよう、僕は——）

ずっと認めることができなかったけれど、胸の痛みからはもうこれ以上目を逸らすことはできない。

戦争は嫌だ。民が犠牲になるのも耐えられない。そして、それ以上にヴィルフリードに死んで欲しくなかった。

（僕にヴィルを殺すことはできない）

キャスやミシュや孤児院の子供たち、町の人たちのことを思えば、彼を奪うなんてことはできない。

何よりも、リシュカ自身がヴィルフリードに心を奪われてしまっていた。

12

「昨日はどうかしてた……」

同情に値すべき事情を知ったからといって、大人しく身を任せすぎたことをリシュカは反省していた。

暗殺の任務を放棄する——そう決めはしたが、今後の身の振り方に苦悩する。

皇帝の命に逆らったとなれば、リシュカ自身処罰される可能性がある。それがどれだけ正しいことで、よりよい未来に繋がるとしても、従わなかった事実は拭えない。

（どちらにしろ同じかな……）

端《はな》から自分の命をかけるつもりでいたのだから、どこで死ぬかの違いだけだ。自らの命はどうでもいい。

ユスティラの話から鑑みるに、暗殺が失敗したからといってユシュタルのレアリウス侵攻が中止されることはないだろう。だが、それこそが一番の悪手だ。両国の民のためだけでなく、ユシュタル皇国のためにも戦になることだけは避けるべきだ。

ヴィルフリードの云うように、彼がいなくともレアリウスが負けることはないだろう。辺境の町であの豊かさだ。国力の基礎が違うことは、嫌というほどわかってしまった。

戦だけが解決策だと思い込んでいる父に正しい現状を認識してもらい、方策を変えてもらうことが理想ではないか。皇帝が戦を選ぼうとしていたのは、王国の民が虐げられているのだと信じていたからだ。それが誤解で危惧していたような酷い国ではないことを知れば、考えを変えるだろう。

だが、直接話ができる状況ではない以上、事態を避けるのは難しい。

(最善の策を選ぶ必要はない。次善の策でいい)

いまリシュカが選べる選択肢は一つだけある。それは皇国と王国の国交を正式に結ぶことだ。一旦、国交が樹立すればそう簡単に戦は起こせない。

ただ、それを果たすにはリシュカがヴィルフリードを暗殺しようとしていた事実が足を引っ張る。彼がこのまま誰にも云わずにいてくれれば、平和裏に事は進むだろう。

(彼に相談するしかないだろうか……)

この身で払える代償なら、いくらでも支払おう。民のためには命など安いものだ。リシュカの考えていることを実行するには、ヴィルフリードの協力が欠かせない。

善は急げとばかりに、リシュカはヴィルフリードの部屋へと向かうことにした。早い時間だが朝食前のいまなら、まだ自室にいるはずだ。

「……の報告をしろ」

「まずは……の件からご報告します」

ヴィルフリードの部屋の扉を叩こうとした瞬間、中から話し声が聞こえてきた。部下が何かの報告に来ているらしい。

（これは……アロイスの声？）

立ち聞きはよくないと思いつつ、話の内容が気になってしまう。

「野盗一味は全員捕らえました」

「ご苦労だったな。あいつら、どこにいた？」

「いまは使われていない森の奥の狩猟小屋に陣取っていました」

「皇国側に逃げ込んでいなくてよかったな。取り調べは進んでいるか？」

「ある程度は……。彼らの正体もわかりました」

アロイスは気まずげに言葉を濁す。

「もったいぶらずにとっとと話せ」

「野盗ではなく、流れ者の傭兵《ようへい》でした」

「なるほど、だからこの辺りで見かけない風体だったのか。しかし、どうしてそんな者たちがこんな国境付近にいたんだ？　旅人の往来などほとんどない上、関所を通らず国境を越えるには深い森を通るしかないというのに」

「それは金品が目的ではなかったからです」

「というと？」

「彼らは、リシュカ様を暗殺するために雇われたと自白しました」

アロイスが云いにくそうに告げた言葉は、リシュカにとって衝撃的なものだった。

（僕の暗殺……？）

思い返してみれば、野盗たちはリシュカを集中的に狙ってきていた気がする。あのとき、野盗たちは自分のことを『皇子様』と呼んだが、そうと特定されるような出で立ちはしていなかった。

つまり、彼らは自分たちがあそこを通ることを知っていたということだ。荷物が何も盗られていなかったのも、強奪が目的ではなかったから——。

わざわざ異国の傭兵を雇い、一国の皇子を殺そうとしたのはどこの誰なのだろう。

（——あれ？）

記憶を順に辿っていたリシュカは、ふと違和感を覚えた。確かあのとき、剣を抜き応戦しているところで背後から不意打ちを食らい、意識を失った。

「……後ろから？」

戦っている最中に後頭部を殴られ意識を失ったけれど、馬に乗っていたリシュカの頭を殴れる位置にいたのは、一人しかいない。

（そんな、まさか……）

心に浮かんだ疑念を必死に否定する。しかし、続けられたアロイスの報告はリシュカにさらなる衝撃を与えた。

「山道に入ったところで襲う手はずだったとのこと。小屋で待機を続けていたのは、もし戻ってきた場合、再び襲うよう指示を受けていたからだそうです」

「なるほど、リシュカの殺害が最優先事項だったということか。雇い主は吐いたか？」

「それが——皇国の王妃ユスティラからの依頼だと」

「!?」

（義母上が……？）

アロイスの報告にリシュカは小さく息を呑む。

きっと面と向かって云われていたら、頭ごなしに否定していただろう。だが、アロイスはリシュカが聞いているとは夢にも思っていないはずだ。

「リシュカ様の護衛として同行していたルクイルという男が、現場での指示役だったそうです」

「そいつもか。確保したか？」

「いえ、彼らとは一緒にはいませんでした。逃げたようです」

「引き続き、行方を捜してくれ。リシュカの命を狙っているとしたら、まだこの近くに潜んでいる可能性もあるからな」

「承知しました」

「それにしても、念の入った計画だな。リシュカに私の暗殺を命じたのも、傭兵たちが失敗したときの保険だったんだろうか」

「ヴィルフリード様の命を狙って生きて帰れることはないですからね」

「あわよくば、私と彼の共倒れを狙ったのかもしれないな」

次々と明かされる事実は、リシュカを打ちのめした。衝撃のあまり、ぐらりと視界が歪《ゆが》む。

（心から信頼していたのに――）

ユスティラだけでなく、ルクイルだって、副団長としてリシュカのことをずっと陰になり日向《ひなた》になり支えてくれていた。彼はこれまでどんな気持ちでリシュカと共にいたのだろう。

「このことをリシュカ様には……？」

「黙っているわけにはいかないな。だが、どう伝えたものか……。時機を見て私から話をしよう」

「……っ」

いま顔を合わせたら、この話をもう一度聞かされることになる。まだ現実に向き合う勇気は持てそうにない。リシュカはどうしていいかわからず、その場から逃げるように走り去った。

*

体の弱かった母は、リシュカを生んだあと体力が戻らず療養生活を続けることになったため、リシュカが物心ついたときにはほとんど床で過ごす生活をしていた。

長い時間一緒に過ごすことはできなかったけれど、それでも歌を歌ってもらったり、物語を聞かせてくれたりしたことを覚えている。

そんなささやかな幸せも長く続くことはなく、ある年の春を迎える前に母は生涯を閉じた。

『まあ、リシュカ様。こんなところにいらっしゃったのね』

母を亡くした辛さに耐えられず寝台の下で声を殺して泣いていたリシュカを見つけてくれたのは、第二皇妃のユスティラだった。

『ユスティラさま……』

『今日から、このユスティラがリシュカ様の母になりますわ』

『義母上……?』

『こんなに泣いたら、目が溶けてしまいます。リシュカ様には笑顔がお似合いです』

ユスティラは、リシュカの寂しさを埋めるように色んなことを教えてくれた。

そのうちに腹違いの弟のサーシャが生まれ、父はリシュカに声をかけてくれなくなったけれど、ユスティラは絶えずリシュカを気にかけてくれていた。

父との仲がぎこちなくなったあとは、関係修復の手助けをしてくれるようになった。そんなユスティラが自分を殺そうとしていた――。

その上、ルクイルまでもがリシュカを裏切っていたなんて、どうしても信じたくはなかった。

自分の部屋に戻ったリシュカは寝台に顔を埋め、叫び出したい気持ちを抑え込む。

（義母上はそんなに僕が目障りだったんだろうか……）

実子が生まれたことで、野心が芽生えてしまったのかもしれない。だが、腹違いの弟であるサーシャを王位につけたいのなら、そう云ってくれればいい。

リシュカ自身、権力に固執しているわけではない。次期皇帝の座など譲れと云われれば快く身を引いただろう。アロイスの報告内容を鼻で笑い飛ばすことができないのは、自分の中にも小さな疑いがあったからだ。

ヴィルフリードの云うように、他国の王子を暗殺して無事に逃げ果《おお》せるのは不可能に近い。そんな命がけの任務を、ユスティラは晴れやかな顔で伝えてきた。

誉れある任務であるとリシュカ自身も信じていた。だが、この砦内で過ごすうちに少しずつ意識が変わっていった。

父にとっても、ユスティラにとっても、リシュカは目障りな存在でしかなかったのかもしれない。

だからと云って自分たちの手で殺すわけにもいかず、この機会に厄介払いができれば幸いと、そう思っていたのだろうか。

「………」

真偽を確かめる方法は一つだけある。ルクイルの口から、真実を聞き出せばいいのだ。彼はまだ近くに潜んでいるはずだ。

ヴィルフリードの暗殺を実行後、合図を出せば脱出の手助けをしてくれると云っていた。

（ルクイル本人から真実を聞こう）

何か抜き差しならない事情があって欲しい。一抹の希望に縋《すが》らずにはいられなかった。

13

日が沈み、月が頭上に昇るのを確認したあと、リシュカはそっと部屋の東側にある窓の片側を大きく開け放った。こちらからは確認できないが、どこかでルクイルが見ているはずだ。

リシュカは音を立てないように部屋を出ると、一人でこっそり厩舎へと向かった。

主人の顔を見て嬉しそうにいななくツェレンを宥《なだ》めてから、奥へ進む。月明かりの届かない最奥の馬房を覗き込むと、馬の代わりに人影が浮かび上がった。

「お待ちしておりました、リシュカ様」

「……ルクイル」

緊張を和らげようと、ごくりと唾を飲み込む。

「成功されたのですね」

「……ああ、息の根を止めてきた」

苦い気持ちで嘘をつく。お互いの表情が見えないくらい暗くてよかった。

「それはおめでとうございます。では、騒ぎになる前にここを脱出いたしましょう」

ルクイルはリシュカのことを疑ってもいない。それどころか、リシュカが自分を疑っているとすら思っていないようだ。

「どうやって脱出するんだ？」

「私についてきてください。厩舎用の搬入口の鍵を開けておきました」

「搬入口？　見張りがいるだろう。まさか、殺したのか？」

　馬の飼料を運び入れたり、運動させるために連れ出したりする出入り口が別にある。夜には鍵がかかり、見張りも立っていたはずだ。

「いまは眠ってもらっています。どうされたのですか、リシュカ様。レアリウスの人間の命など気にすることはないでしょう」

「し、死体が見つかれば騒ぎになると思ったんだ」

「確かにそのとおりです。なので、眠ってもらいました。兵舎の水瓶《みずがめ》にも薬を入れておいたので、今夜はよく眠れていると思いますよ」

　見張りの兵士が無事だったことに、内心でほっとする。このまま砦の外に出てしまうのは、危険が大きすぎる。どうにかして、ルクイルから真の目的を聞き出さなくては。

　しかし、正面から訊いたところでごまかされるのがオチだろう。リシュカの暗殺指令の件を否定されたとしても、真偽のほどはわからない。

「さあ、こっちです」

「ちょっと待て。ツェレンを置いてはいけない」

「可哀想ですが諦めてください。ツェレンはいい馬です。ここに置いていけば、大事にはしてもらえるでしょう。無理に連れ出すほうが危険です」

「それも…そうだな……」

ルクイルの指示に従って馬小屋の奥から外へ出ると、搬入口の見張り番は意識を失い、樽《たる》にもたれかかっていた。注視すると微かに胸が上下しているのがわかる。確かに彼は眠っているだけのようだ。

馬車が通り抜けられるほどの広さの通路を突き当たりまで行くと、外に繋がる扉がある。

「扉の鍵を開けておきました。リシュカ様、先に行ってください。後ろを見張ります」

警戒しながら進んでいく。

「そこが出口です」

「わかっている……ルクイル、鍵がかかってるぞ。開けたんじゃなかったのか？」

「おかしいですね。本当に開いてませんか？　取っ手を強く押してみてください」

びくともしない鉄製の取っ手と格闘していると、ルクイルが近づいてくる気配がした。気づかないふりで、扉との格闘を続けてみせた。

張り詰めた空気の中、全身の神経を背後に向ける。慎重に近づいてくる気配と鞘から剣が抜かれる微かな音に確信した。

（嫌な予感なんか外れてくれればよかったのに……）

現実から目を逸らせたらどんなにいいだろう。しかし、いまは向き合う他ない。

「――そうやって、また後ろから襲うんだな」

「は？　何を云っておられるのですか、リシュカ様」

「しらばっくれるな、ルクイル。僕を殺すよう命じられているんだろう？」

「はは、こんなときに何てご冗談を。趣味がいいとは云えませんね」

笑い声と共に、大きく剣が振りかぶられたのがわかる。

「……ッ、お前は冗談で主に剣を向けるのか？」

リシュカは胸元から短剣を取り出し、振り返りざまに刃を受ける。キィン！　と暗闇に金属のぶつかり合う嫌な音が響く。力任せに振り払うと、ルクイルは後ろに飛びすさった。

「さすがですね、リシュカ様。いつ気づかれたんですか？」

いつまでも惚《とぼ》けているつもりはなかったようだ。ルクイルはあっさりと正体を現した。

「正直、いまのいままで疑い切れていなかった。お前が僕を殺すつもりでいるなんて信じたくはなかった」

「やはり、リシュカ様はお育ちがいい。本当に甘いお方ですね」

「どうして僕を狙う？　義母上、ユスティラ様の指示だというのは本当なのか？　何か事情があるなら教えてくれ」

「事情なんて、いまさらそれを確認してどうなさるんですか？　貴方はここでレアリウスの兵士に追われ、命を落とすというのに」

「ルクイル、お前……！」

　彼の描いた筋書きを聞かされ、怒りでカッとなる。

「もちろん、ユスティラ様にはリシュカ様のご活躍、よくよくご報告しておきます。きっと、皇帝陛下もお喜びになるでしょう」

「――」

　ユスティラが自分の命を狙っていたことは、紛れもない真実だった。衝撃の事実に打ちのめされる。

「お前のことは心から信じていたのに……」

「知っています。私もそういうふうに振る舞ってきましたからね」

「義母上は僕の何がお気に召さないんだ？」

「全てですよ。前王妃に生き写しの顔も、人を疑わない単純で脳天気なところも憎らしいと」

「そんな――」

「ユスティラ様のために死んでください」

　下卑た顔で嘲笑《あざわら》われる。

（こんな奴だったか？）

幼い頃からよく知る男のはずなのに、いまは別人にしか思えなかった。

「……っ」

ルクイルの振り回した刃が、リシュカの頬を掠める。普段ならいまの太刀筋くらい避けられるのだが、動揺のせいで反応が遅れてしまった。

慌てて短剣を握り直して応戦し、繰り出される刃を受け止める。

剣の腕はほぼ互角。だが、大ぶりな剣に対して短剣ではさすがに不利だ。しかも、背後には鍵のかかった扉がある。間合いを取ることは難しい。

「やめろ、ルクイル！　警備の兵士がすぐに来る」

「心配ありません。薬を盛ってきたと云ったでしょう？　気が散ってますよ、リシュカ様。そうやって守りに入るところが欠点だと何度も教えたじゃないですか。貴方は甘いんですよ！」

「あっ」

勢いよく薙ぎ払われ、短剣が飛んでいく。背中が扉に当たり、退路が完全に絶たれたことがわかった瞬間、返す刃で切り上げられた。

「……っ!?」

腹部に熱い感触が走る。反射的に手を当てると、ぬるりとしたものが指に触れた。溢れてくる血を止めようと強く押さえたけれど、どんどん服に血液が染みていくのがわかった。

「終わりですよ、リシュカ様」

首元に切っ先を突きつけられた。

「――――」

「ったく、もっと怯えた顔でもしたらどうだ？　泣いて縋りもしないなんて可愛げのない。俺もその取り澄ました顔にずっとムカついてたんだよ。世間知らずの皇子様」

ルクイルの口調が急にぞんざいなものに変わる。これが彼の本性だったのだ。

「……！」

覚悟を決め、目を閉じる。信念のために命を落とすことは苦ではない。だが、こんなかたちで人生を終えることになるなんて。

（こんなふうに殺されるなんて思いもしなかったな）

もうこれで死ぬのだと思った瞬間、脳裏に浮かんだのはヴィルフリードの顔だった。

「リシュカ！」

（ヴィルの声が聞こえる……）

幻聴でも最期に彼の声が聴けてよかった。

「ちっ、邪魔が入ったな」

「リシュカから離れろ！　いま投降すれば丁重な扱いをしてやろう。ただし、リシュカに傷一つでもつけてみろ。どうなるかわかっているだろうな！」

目を開けて飛び込んできた光景に息を呑む。ヴィルフリードだけでなく、数人の兵士たちが厩舎のほうからこちらに迫っている様子が松明《たいまつ》の明かりで浮かび上がった。

「何でここに……」

ルクイルを呼び出したことはヴィルフリードには伝えていない。皆が寝静まるのを待ち、ひっそりと部屋を抜け出した。

「そっちこそ、こいつがどうなってもいいのか!?」

ルクイルはリシュカを抱え込み、喉元に刃先を当ててヴィルフリードを脅す。

「リシュカを離せ!!　お前はもう逃げられない」

「へえ、自分の命を狙っていた奴に慈悲を向けるのか。すごいな。あの〝黒い雷鳴〟をたらし込むなんて、そっちの才能もあったとは」

「死にたくなければ武器を捨てて投降しろ」

「別に命など惜しくはない！　二人まとめて殺したらどうだ」

「リシュカも貴様も殺しはしない。聞きたいことがあるからな。大人しく確保されるなら、手荒な真似はしない」

「誰が従うと思う？　貴様のほうから出てきてくれて助かったよ。こいつを殺されたくなかったら関所を開けろ。馬も返してもらおう」

「僕はどうなってもいい、ルクイルを止めてくれ！」

脇の甘かった自分に歯嚙みする。

「さあ、どうする、ヴィルフリード王子」

「……仕方ないな。アロイス、いいぞ」

「最初から素直に――」

ひゅっと空気を切る音が聞こえたかと思うと、タン！　と高い音を立てて矢がすぐ脇の戸板に突き刺さる。それはルクイルの頰を掠めただけで、本人には命中しなかった。表情を凍りつかせていたルクイルだったが、矢が外れたことを認識し、笑いを漏らす。

「は、はは……残念だったなあ！　お前のとこの弓兵は腕が悪いらしい！」

「何を云っている。最高の腕前だろう？」

「俺の顔を掠っただけじゃないか。これなら私のほうがよほど――、え……？」

リシュカを抱え込んでいたルクイルが、突然その場に膝をついた。支えを失ったリシュカも一緒にくずおれてしまう。

「鏃《やじり》に一時的に体を麻痺させる毒を塗っておいたんだ。さすが、アロイスの煎じた毒は効果抜群だな。

殺しはしないと云っただろう。洗いざらい吐いてもらう」

「くそっ」

「そいつを連れていけ。自害させるな。くれぐれも丁重に扱えよ」

アロイスたちがルクイルを捕らえ、引っ立てていく。倒れ込んだリシュカの元には、ヴィルフリードが駆け寄ってきた。

〝黒い雷鳴〟と二つ名のついた騎士が、不安に満ちた眼差しを向けてくる。

(何て顔をしてるんだ)

その心許ない表情に、どれほど心配してくれていたかを思い知った。言葉よりも雄弁な瞳が、彼の想いを語っていた。危ないところだったと、いまになって実感する。

「大丈夫か、リシュカ。傷を見せてみろ」

「見た目ほど大したことはないと思う……」

切られた場所がずきずきと痛むが、意識ははっきりとしている。ヴィルフリードはリシュカの言葉を聞かず、服を大きく引き裂いた。傷口を確認すると、大きな声を上げた。

「アロイス！　手当ての準備をしろ。リシュカを部屋へ運ぶ」

ヴィルフリードは、アロイスから渡された布をリシュカの傷口に押し当てる。

「自分で押さえられるか？」

「ああ……」

軽々と抱き上げられ、体がふわりと宙に浮く。

「すまない、迷惑をかけて……」

「謝らなくていい。アロイスの報告を聞いて、本人に確認しようとしたんだろう？」

「……反省している」

ユスティラだけでなくルクイルにまで裏切られているなどと、信じたくなかったのだ。だが、その未練が自分だけでなく、無関係の人間まで危ない目に遭わせることになった。

「気持ちはわかる。だが、真実を追究するためとはいえ、一人で無茶なことをするな。肝を潰したぞ。第一、君が先に死んだら私を殺せなくなるじゃないか」

「——そうだな」

ヴィルフリードの軽口に、リシュカはようやく口元を和らげた。

14

「体はどうだ？」

「もう起き上がれる。このまま寝ていたら根っこが生えてきそうだよ」

あれから一週間が経った。出血はあったものの、幸いなことに切り傷は大した深さではなかった。

調合してもらった傷薬はとてもよく効き、あっという間に傷口が塞がった。

もちろん、腹部に斜めに走った傷跡が消えることはなさそうだが、男の勲章だ。

出血したためしばらくは貧血気味で手足にあまり力が入らなかったけれど、栄養豊かな食事のお陰でだいぶ回復した。

「まだ安静にしていたほうがいい。無理は禁物だ」

「心配性だな、ヴィルは。このとおり、問題なく動かせる」

手を握ったり開いたりして見せると、指を絡めて握られた。

「……っ」

「本当だ、力が入るようになってきたな」

絡んだ指から伝わる体温にドキドキしてくる。

（手が熱い）

にわかに緊張し、手の平が汗ばんできた。

先日までの喧噪は嘘のように消え去り、いまはいつもと同じ静かな夜に戻っている。

「ここの薬師《くすし》は腕がいいな」

「中庭の薬草をアロイスが調合したんだ」

「あのとき矢を放ったのはアロイスだろう？　弓の名手な上に薬の調合までできるのか？　本当にレアリウスの人間は皆多才だな……」

アロイスの放った矢はルクイルの耳を掠って扉へと突き刺さった。わざと命中するのをさけたのだろう。あれがヴィルフリードの指示どおりだとしたら、もの凄《すご》い的中率だ。アロイスは弓の名手でもあったのだ。

リシュカは体を起こし、改めて頭を下げる。

「……みっともないところを見せた。二度も命を救ってもらうとは、感謝してもしきれない」

「本当に間に合ってよかったよ」

改めて、自分の甘さを痛感する。ユスティラやルクイルの裏切りを知ったあとも、彼らを信じたいと思ってしまった。

裏切りが事実でも話し合えば和解できるのではないかという淡い期待もあったし、まだ心のどこかにルクイルへの思慕が残っていた。それらの油断がリシュカを窮地に陥らせたのだ。

「どうして、僕たちの居場所がわかったんだ？」

すでに皆寝静まったあとだった。リシュカが姿を消したことにどうやって気づいたというのだろう。

「昼間、様子がおかしかったからな。気になって、話をしに部屋に行ったんだ」

「そんなに変だったか……？」

「見るからに。キャスもミシュも心配していたんだぞ」

「そ、そうか……」

リシュカには隠しごとはできないようだ。

「荷物は全てそのままなのに、君の姿がどこにも見当たらないだろう？　親書を置いて姿を消すなんて考えられなかった。あちこち探したが、ミシュがもしかしたら厩舎にいるんじゃないかと云い出したお陰で間に合ったんだ」

「ミシュに感謝しないとな……」

もう一つ、気になっていることがあった。

「ルクイルはこれからどうなる？」

「取り調べの結果と本人の態度によるな。あいつはユシュタル皇妃の命令で自国の皇子を殺そうとしていたんだ。ユシュタルの法で裁くべきだと思っている。しかし、現在はまだ国交は結ばれていないから、しばらくは独房で反省してもらうつもりだ」

「それなら僕も独房に入るべきじゃないのか？　ルクイルが狙ったのは僕の命だが、僕が狙ったのは王子である君の命なんだぞ」

「そういう意見もあるな。だが、狙われていた私自身が罰するつもりがないのだから気にするな」

「気にするなって……」

そんないい加減な対応で許されるのだろうか。そういえば、アロイスのあの報告から鑑みると、彼もリシュカの目的を知っているということだ。

どういう気持ちで自分に接してくれていたのだろう。

「困っている者を助けるのは当然のことだ」

「初めて会ったときも、君はそう云っていたな」

出逢ったときから、ヴィルフリードは何も変わっていない。彼は常に未来を見据えて考え、動いている。だが、リシュカの意識は大きく変わった。戦で問題を解決しようとするのは、旧態依然な考え方だとようやく目が覚めた。

「……ヴィル、実は君に頼みたいことがあったんだ。聞いてくれるか？」

リシュカは、あの日持ちかけるつもりだった計画を改めてヴィルフリードに切り出した。

「頼みたいこと？」

「……君を暗殺しないでもいい方法を考えたんだ。ただ、図々しい頼みをすることになる。これ以上、ヴィルの負担になるような真似をするのはどうかと思わなくもなくて……」

申し訳なさから云い訳めいたことをだらだらと加えてしまう。そんなリシュカにヴィルフリードはぴしりと云う。

「いいから聞かせてくれ」

リシュカは厚顔だと誹《そし》られる覚悟で口を開く。

「我が国の皇帝の親書をレアリウス国王に届け、二国の国交を結びたいんだ」

「……表向きの理由でしかなかった国交樹立の交渉を正式に進めたいということか？」

「そうだ。預かってきた親書は本物だ。国交が締結されてしまえば、そう簡単に戦を起こすことはできなくなるだろう。だが、僕が君の命を狙っていたことが表沙汰になれば親善どころの話ではなくなってしまう……」

「なるほど、頼みというのはそういうことか。私の暗殺計画をなかったことにしたいんだな」

「そのとおりだ」

何度も刃を向けた自分が頼めるようなことではないが、他にいい方法は思いつかなかった。

「だが、それでは皇帝の命に背くことになるんじゃないのか？」

「父上は僕が説得する。父上の目的は、飢饉《ききん》に苦しむ我が国民と圧政に苦しむレアリウスの民を救うこと。伝え聞いていた圧政が誤解だとわかれば、戦を起こすことは逆に彼らを苦しませる結果になる。だから――」

「戦を避けるにはいい考えだと思う。だが、君が国に戻ればまた……」

「……義母上には再び命を狙われると思う」

ユスティラのことを考えると胸が痛む。あそこまで念入りにリシュカを亡き者にする計画を立てていたとなると、無事に帰国したあとも安全とは思えない。

「あいつに全て皇妃の企みだと証言をさせれば、皇妃の罪を暴けるんじゃないのか？」

「きっと、ルクイルは全て一人で罪を被るだろう。ヴィルの暗殺の命も口頭で伝えられただけだし、証拠を提示するのは難しい。それに……考えたくはないけれど、父上の関与もあるかもしれない……」

あの優しかった父のことを疑いたくはない。だが、ユスティラに何を吹き込まれているかわからない以上、いまは誰のことも完全には信じることができなかった。

「僕が生まれなければ、母上も生きておられたかもしれないし、義母上にも、父上にも邪魔者と憎まれることもなかっただろう。僕は何のために生まれてきたのかな……」

思わず弱音を吐露した弾みに涙が浮かぶ。衝撃的なできごとがあったせいか、自分でも驚くほど気弱になっていた。

「何を云っている。私に逢うために決まってるだろう」

自信満々に云われ、面食らってしまった。

「……ヴィルに逢うため？」

「そうだ。こうして私たちが出逢えたことは運命だと思わないか？」

「う、運命なんて大袈裟《おおげさ》な……」

リシュカを慰めるために、大言を口にしているのだろうと思ったが、ヴィルフリードの目はどこまでも真剣だった。

「私は本気でいつ死んでもいいと思っていた。だが、リシュカと出逢って考えを改めた。生きていたからこうして出逢えたんだ。そのきっかけを作ってくれた皇妃にも感謝している」

「義母上にも？」

「リシュカを私のところへ寄越してくれた」

「――――」

ヴィルフリードの言葉に、思わず胸が熱くなる。確かに暗殺者としてヴィルフリードを襲うようなことがなければ、本音でぶつかり合うことも、彼に抱かれることもなかった。

「この間の約束を覚えているか？　私の云うことを一つ何でも聞くと」

「ああ、もちろん覚えている」

決闘をするにあたって賭けをした。リシュカが勝てばヴィルフリードに、ヴィルフリードが勝てばリシュカに一つ云うことを聞かせるという約束だった。

「リシュカ。生きている意味がわからないというなら、私の元で生き直せ」

「それは、どういう……」

「生涯を共にするとしたらリシュカしかいない。君の命を狙う者は私が剣の錆《さび》にしてやろう。この身を賭して守ってみせる」

「……っ」

　まるで求婚のような宣言に、リシュカは息を呑んだ。まさか、この期に及んでそんな申し出をされるなんて。ヴィルフリードの真摯な想いに胸が締めつけられる。どうしてそんなに想ってくれるのかと、涙が零れそうになった。

「返事はいまでなくてもいい。よく考えて答えを出してくれ」

　猶予を与えられたけれど、リシュカに迷いなどもうなかった。

「——そんなもの、考えなくても答えは出ている。二度も助けられたこの身、生かすも殺すもすでに君のものだ」

「……やっぱりダメか——え？」

「……っ、だから、僕はすでに君のものだと云ったんだ！」

　自信家のくせに、断られるつもりでいたらしい。意外な気弱さに笑ってしまう。

信じられないものを見るようにぽかんとしているヴィルフリードに証拠を見せるべく、腕を伸ばす。そうして、初めてリシュカから口づけた。

面食らったのかしばらく静止していたヴィルフリードだったが、我に帰った瞬間、リシュカの体を掻き抱いてきた。

「んむっ、んんん」

急に深くなった口づけに息苦しさを覚える。お互いに求め合い、激しい口づけを交わした。舌先を吸い上げられると、口の中がぞくぞくする。

唇を貪り合い、縺《もつ》れ合うようにして寝台に倒れ込む。こんなふうに自ら舌を絡めるようになるなんて思わなかった。

「……いいのか？　このまま抱いて」

ヴィルフリードは、ふと顔を上げて確認してくる。リシュカが刃を受けたばかりだということを気にしているのだろう。

「いいから、君のものにして欲しい」

あの夜は強引に体を結ばれたけれど、自分の意志で抱かれるのだと表明しておきたい。それに、ここで終わりにされたら、そのほうがおかしくなってしまいそうだ。

「んう……っ」

噛みつくような口づけは、嵐みたいにリシュカを翻弄する。リシュカの体を掻き抱いていた手が服の中に忍び込み、直に肌に触れる。

まるで、リシュカの存在を確認するかのようにあちこち撫で回される。怪我の余韻が残っているせいか、感覚がいつもと少し違う。触れられた部分がぴりぴりと過敏に反応してしまう。

「んん、ン、ん！」

やがて、ヴィルフリードの指は兆し始めていた屹立を捕らえた。長い指がリシュカのそれを弄ぶと、しとどに体液が溢れ下着を濡らす。

「あ、ん、あっ」

口づけが解けた瞬間、蕩《とろ》けた声が零れてしまった。巧みな指使いに追い立てられ、切羽詰まっていく。このままでは一人で先に終わりを迎えてしまう。

「ぼ、僕も君のに触れてもいいか……？」

「ああ、触ってくれ」

ヴィルフリードの股間に手を伸ばすと、想像以上に強張《こわば》っていた。おずおずと下衣の中に手を差し込み、激しく自己主張するそれに触れる。

（熱い）

指先から彼の熱が伝わってくる。その大きさにも力強い鼓動にも息を呑んだ。あの夜、これに酷く泣かされたのだと思うとそれだけで体が熱くなった。

体を寄せると、兆した昂ぶり同士が触れ合った。敏感なそれが擦れるだけで堪らなく感じてしまう。触れ合っている場所から伝わってくる熱さと鼓動だけで酩酊《めいてい》しそうだった。

「もっとこっちへ」

「あっ」

ヴィルフリードはぐいと腰を引き寄せ、重ねた屹立をリシュカの指ごとまとめて握り込む。大きな手で力任せに上下に動かされ、大きく背中が撓る。ぬるぬるとした感触も気持ちよくて堪らない。

「あ、あ、ああっ、待っ……」

「もっと強く握れるか？　そう、上手だ」

指示されて力を込めはしたが、ほとんどヴィルフリードにされるがままだ。

「強くしないで、あっ、あ、あ、ぁん！」

「気持ちいいんだろう？　素直に感じればいい」

「あっ、あ、出る、もう出ちゃう」

呆気なく高みへと追い立てられる。

「少しだけ我慢できるか？　私の指に集中しろ」

ヴィルフリードの問いかけにこくこくと頷き、速度を徐々に増していく彼の指の動きに集中する。

「あ、あ、あっ、あ――……っ」

「……っ」

大きく爆《は》ぜさせたリシュカを追うように、ヴィルフリードも白濁を吐き出した。全力疾走のあとのような疲労感と解放感。二人ぶんの体液は、お互いの手と腹部を汚した。

「よくできたな」

上がりきった呼吸に肩を上下させているリシュカに触れるだけの口づけをして、ヴィルフリードはそう囁く。絶頂の余韻にぼんやりとしていると、笑い声が聞こえてきた。

「これで終わりじゃないからな」

はたと我に返ったときには、着衣を全て剝ぎ取られていた。同じように服を脱ぎ去ったヴィルフリードの均整の取れた逞しい肉体に思わず見蕩れてしまう。

「そんなに見つめられるとさすがに恥ずかしいな」

「……っ、ご、ごめん」

ヴィルフリードは、そっとリシュカの腹部の傷跡を撫でた。治ったばかりのそこに触れられると、むず痒さを感じてしまう。

「私がもっと早く気づいていればこんな傷を負わせずにすんだのに」

「大した傷じゃない。傷跡の一つや二つ、騎士の勲章だ。君にだってたくさんあるだろう？」

そう云って、ヴィルフリードの肩にある傷跡にそっと口づける。

「……そうだな。だが、これからは誰一人君に指一本触れさせはしない」

一糸纏わぬ姿を重ね合い、ヴィルフリードの唇は顔中に口づけの雨を降らせてくる。耳たぶ、首筋、鎖骨と少しずつ降りていく。

「あっ」

硬くなった胸の先に吸いつかれ、喉が鳴った。普段は意識すらしない小さな粒のようなものを舌で転がされ、甘噛みされると再び下腹部が熱くなっていく。

「や、噛まないで、あ、ぁあっ」

痛みを感じるくらいの強さで歯を立てられると、体の奥が疼いてしまう。執拗《しつよう》に同じ場所ばかり責められ、赤く腫れぼったくなってしまった。

散々喘がせて満足したのか、ヴィルフリードは体を起こす。腰に手をかけられ覚悟を決めて目を閉じると、体を転がされて俯《うつぶ》せにされた。

「え？」

予想とは違った手順に困惑していると、左右に尻を押し開かれる。あらぬ場所に熱く濡れた感触がして、思わず息を呑んだ。後ろの窄まりを舐められているとわかり、羞恥に全身が熱くなる。

「や、やだ、舐めないで……っ」

性器をしゃぶられたときも恥ずかしかったけれど、それ以上に居たたまれない。

「慣らさないとキツいだろう」

「いや、あ、だめ、ああっ」

こんなに恥ずかしいことをされるくらいなら痛いほうがよほどマシだ。

そう思っているにも拘わらず、中に舌が入ってくる。ヴィルフリードに、体の内側を舐められているかと思うと頭がどうにかなりそうだった。

「や、あ、あ、あ……ッ」

気が遠くなるくらいしつこく舐められたあと、ひんやりとしたものが垂らされる。そして、すんなりと中に指が入ってきた。

「う、ん、ん……っ」

ふわりと鼻腔を擽る香りに、香油が使われているのだとわかった。ヴィルフリードの準備のよさには感心する。そんなものがあるなら初めから使って欲しかったけれど、もうそんな主張をする気力も残っていない。

「あ、はっ、ん、んんっ」

リシュカは長い彼の指が抜き差しされるのを、ただ喘ぎながら受け入れることしかできなかった。

意識が遠のきかけた頃、指を引き抜かれる。喪失感に震えるその場所に、硬くて熱いものが押し当てられた。

「あ」

彼の昂ぶりだと気づいた瞬間、ぐっと中に押し込まれた。ぬるりとした感触は香油だろう。もの凄くキツいのに、ヴィルフリードの屹立は難なく入り込んでくる。

「う、ん……っ」

ぶわっと全身に鳥肌が立つ。好きだと認めただけで、これほどまでに感覚が変わるものかと驚きを隠せなかった。

「奥までいいか？」

「え？——うぁっ」

信じられない大きさのものを最奥まで一息に突き入れられ、びくびくっと欲望が爆ぜる。

（うそ——）

入れられただけでイッてしまった。達したばかりのリシュカの体は、物欲しげに根元まで呑み込んだヴィルフリードの屹立をキツく締めつける。

「そんなに締めつけるな。動いてやれないだろう」

「え……？」

腰を力任せに引き上げられ、膝が浮く。支えがない不安定さに戸惑うばかりだった。

「ぅあっ、あっあ、あ――」

ゆっくりと内壁を抉る動きを繰り返され、啜《すす》り泣くように喘ぐことしかできない。押し入ってきた屹立はやがてリシュカの体に馴染んでくる。

(熱い)

ヴィルフリードは深く繋げたリシュカの体からゆっくり自身を引き抜くと、ぎりぎりのところでまた押し込んできた。

「ぁあ……ッ」

最奥を突かれ、軽く達してしまう。それを幾度となく繰り返され、先端からは止めどなく白濁が溢れた。

「あ……ああ、あ……っ」

気持ちよすぎて、頭がおかしくなる。たっぷりと使われた香油が、ぐちゅ、ぐちゅ、と音を立てるのが妙に恥ずかしい。

深い抜き差しは体が馴染むに従って徐々に速度を増し、律動へと変わっていく。内壁を抉っていた切っ先は繰り返し最奥を突き上げる。

「ああっ、ア、あ、あ、ああっ」

がくがくと激しく揺さぶられ、体が寝台の上で泳ぐ。硬くて熱い切っ先に内壁が抉られるたびに、先端から蜜が溢れ出す。軽い絶頂が繰り返し続き、蕩けきった声が零れ落ちる。

「あっ、あ、ぁん、だめ、も、しんじゃう……っ」

入れられたときに一度達したせいで、なかなか天辺に辿り着かなかった。そのせいで快感がいつまで経っても終わらない。

（このまま終わるのは嫌だ）

相手の顔が見えないまま、追い詰められていくことに心許なさを感じた。

「ヴィル、いや、待って、やだ」

「何が嫌だ？」

「見えないのやだ、顔、見せて」

「わかった」

「んっ」

ヴィルフリードはリシュカから自身を引き抜き、体を裏返した。

リシュカからヴィルフリードの顔が見られるということは、リシュカの感じきった顔もガチガチに張り詰めて蜜を零す自身も露わになるということだ。

そのことに気づいたときには足を折りたたまれ、再び深々と貫かれていた。

「ん――」

せめて顔だけは隠そうと両腕で覆う。

「どうして顔を隠す？」

「だって、恥ずかしい……」

「いまさら恥ずかしがることか。ほら、私にも可愛い顔を見せてくれ」

手をどかされ、顔が近づいてくる。

「可愛くなんて――んむ、んん……っ」

唇を啄《ついば》まれる。物足りなさに自分から深い口づけを求めてしまう。

「可愛い」

「……っ」

甘い言葉も恥ずかしげもなく口にするから狡い。真に受けているつもりはなくても、ついドキドキしてしまう。

「んん、んっ、ぅん、ん……っ」

舌を絡ませている間も、腰を送り込まれる。繋がった部分を掻き回されると、頭の中までぐちゃぐちゃになる。

啜り泣くように喘いでいたら、腕を引いて体を起こされ、彼の腰を跨《また》ぐ体勢にされた。

「え……？」

自らの重みで、屹立をより深く呑み込んでしまう。腹につくくらいに反り返った屹立は、しとどに蜜を溢れさせている。

「いい眺めだな」

「や……っ」

「リシュカ、自分で動いてみろ」

「そ…なの、できな……っ」

「大丈夫だ、私が支えてる」

ヴィルフリードは力の入りきらない体を支えながら、脇腹を撫で上げる。リシュカは必死に足に力を入れて体を浮かせ、重力に任せて腰を落とした。

「きもち、いい……？」

「ああ、すごくいい。上手だ、リシュカ」

ヴィルフリードはリシュカを褒めながら、ご褒美とばかりに乳首を弄ってくる。胸の先から生まれる甘い感覚に身を捩った。

すでに尖っていたそこをキツく捏ねられると、深く繋がった部分が締まる。痛いくらいにされるのが好きなのだと、もうヴィルフリードには知られてしまっているようだ。

「あっ、あ、ぁん！」

「自分で好きなところを擦れるか？」

（好きなところ――）

自分の中の敏感な場所を探しながら、腰を動かす。狭くなった内壁を酷く擦られれば、より敏感に感じてしまう。

「んっ、あっ、あっ、あ……！」

その動きに合わせて、下からも突き上げられる。走り抜ける快感にリシュカは背中を撓らせた。

腰の奥がずきずきと疼き、背筋を快感が駆け上がってくる。限界まで追い詰められ、リシュカは全身を震わせ、何度目かわからない絶頂を迎えた。

「く……っ」

ヴィルフリードも大きく突き上げた瞬間、四肢を強張らせた。びくびくと屹立が震えるのを感じると同時に、熱いものがリシュカの中に注ぎ込まれる。

（熱い――）

終わりを迎えたリシュカは、ヴィルフリードの胸の上に突っ伏した。もう体に力が入らず、指一本持ち上げることができない。

「大丈夫か？」

「ん」

頷きはしたけれど、やせ我慢もいいところだった。

「愛してるよ、リシュカ」

「……愛？」

ヴィルフリードの囁きに、この胸の温かさが愛なのかとはっとする。

「僕も、愛している」

言葉にすると、彼への想いをより実感する。リシュカは優しく頭を撫でられる感触に、陶然と目を閉じた。

15

「やっぱり大袈裟だったんじゃ……」

「第一皇子の凱旋《がいせん》なんだ。少しくらい派手なほうがいい」

「少し……？」

「それに目立っていたほうが、暗殺者にも狙われにくいだろう」

レアリウス王国からの帰路はヴィルフリードが送ってくれることになった。そして、彼の率いる第七騎士団も護衛としてつき従っている。

両国の間に横たわる森と山脈を越え、リシュカたちがユシュタル皇国の国境の町に到着したときは、ずいぶんと騒ぎになった。

戦ではないため、皆戦闘用の装備ではなく儀礼服を身に着けている。逞しい男たちが揃《そろ》いの衣装を身に着けている様は目を引くようで、通りかかる町々では若い女性たちの黄色い声も聞こえてきた。

行きのときと同じように歓待しようとしてくれる各町長の申し出を断り、首都への道を急いだのは、リシュカの帰国をユスティラにまだ知られたくなかったからだ。

不意をつくことで動揺を誘い、本性を露わにさせたいというヴィルフリードの作戦だ。宮殿へ早馬を出そうとしていたのも止めておいた。

ファーンに乗ったヴィルフリードと並んでツェレンを歩かせながら、声をかける。

「それにしても、アーダルベルト国王陛下との謁見の席では肝が冷えた。まさか、あの場で君があんなことを云い出すなんて思わなかった……」

体が回復してから一ヶ月ほど経った頃、ヴィルフリードに連れられて、リシュカは王都まで親書を届けることができた。

国王との謁見は恙《つつが》なく進み、過去の悲劇を乗り越え、手を取り合おうとの言葉も賜った。ほっと胸を撫で下ろしたのも束の間、ヴィルフリードが突然その場で『話がある』と切り出したのだ。

「兄上もいらしたし、ちょうどよかったんだ」

——このリシュカとの婚姻を認めていただきたい。

国王だけでなく兄のジークハルトや各大臣、警護の兵士たちがずらりと並んでいる中、ヴィルフリードはいきなりそう宣言した。

面食らうどころの話ではなく、リシュカは頭が真っ白になってしまった。

「ちょうどよかったって、せめて先に僕に話をしておいてくれたらよかったのに……」

「云えば余計に緊張しただろう？」

「うっ、それは……」

確かに結婚の申し込みをされた相手の父親への挨拶となると、違った意味でも緊張してしまっただろう。そうなればぎこちない態度を怪しまれていたかもしれない。

「認めてもらえたんだからよかったじゃないか」

「それはそうだけど……」

ヴィルフリードはリシュカとの婚姻に際し、王位継承権を返上した。

——この機会に云わせてもらうが、私は王位には興味がない。いまの地位も財産もいらない。我々兄弟を権力争いに利用したい輩もいるようだが、面倒なことに巻き込まないでもらいたい。

とんでもないことを云い出したヴィルフリードにリシュカはなかなか二の句が継げなかったが、兄ジークハルトは声を荒らげた。

——王族の義務はどうするつもりだ……！

——もちろん、私にできることは何でもします。国と民にこの身を捧げて生きていくのが私の使命だし、兄上を支えていきたいと思っています。

——口先だけならどうとでも云える。

——父上、兄上、どうかリシュカと一緒になることを許してください。心から愛する人と出逢ってしまったのです。私はただ彼と共に生きていきたいだけなんです。

初めは呆然としていたリシュカだったが、やがて我に返り、共に国王へ懇願した。

――二人の気持ちはよくわかった。

唐突な宣言に驚きを隠せない様子の国王だったが、ヴィルフリードとリシュカの気持ちが固いことを知り、いくつかの条件と引き換えに許しを出してくれた。

まず、ヴィルフリードの申し出どおりに王位継承権は返上すること。

国軍司令官の任には引き続き従事し、これからも国に奉仕すること。

そして、兄ジークハルトとよく話し合い、仲を修復すること。

父として密かに兄弟の不仲に心を痛めていたらしい。ジークハルトは渋い顔をしていたけれど、好き勝手なことを吹き込む外野がいなければ、きっと和解に至れるはずだ。

婚姻が正式に決まり次第、ヴィルフリードはこれまで赴任という形で滞在していた砦とあの周辺地域を領地として賜ることになった。一領主という立場になるわけだ。

「そういえば、兄君とはどうなってる？」

「まだぎこちないが、お互いの考えを伝え合った。いくつかの誤解を解くことができたから、いつか昔のような関係に戻れるときがくるだろう」

「聡明な方だ。ヴィルの気持ちはわかってくれると思う」

「私もそう信じている。問題は、ユシュタルの皇帝陛下に婚姻の許可がもらえるかどうかだな」

「父上は僕のことにはあまり興味がない。二国の結びつきが強くなるのだから、反対などしないと思う。あとはレアリウス王国への誤解を解くことができれば……」

　むしろ、厄介払いになっていいと思うのではないだろうか。

「君の父君の態度は、どうも納得がいかない。私と兄上との間に行き違いがあったように、父君の中にも何か誤解があるのだろう。ただ相手を慮っているだけでは気持ちは伝わらないぞ」

「……ヴィルの云うとおりだね。父上ときちんと話をするよ」

　出立前は言葉を交わすこともできなかった。言葉をもらえなくても、こちらから自分の気持ちを伝えることはできるのだ。今度こそ、後悔はしたくない。

　リシュカはヴィルフリードの励ましに顔を上げた。

*

「陛下！　リシュカ様がお戻りになられました……!!」

　慌てふためく伝令が宮殿に駆け込み、報告をした。

　首都が天と地がひっくり返ったような騒ぎになったのは、リシュカが単身ではなかったことと早馬の報告を追い越しての到着だったからだ。

　国境を越えて国に戻ったあと、あっという間に首都に辿り着いたのは、ヴィルフリード率いる第七騎士団のお陰だ。

　ヴィルフリードを伴って向かったのは、両脇に兵士たちが控えた重厚な扉の前だ。この謁見の間では父である皇帝と義母の皇妃が待ち受けている。

「緊張してるな」

「仕方ないだろう。父上と言葉を交わすこと自体、久しぶりなんだから」

「大丈夫だ、私がついている。いざというときは攫って逃げる手はずは整えている。皇子と王子の駆け落ちなんて劇的だろう？」

「……バカなことを」

　ヴィルフリードは本気だろうし、確実に成功するだろう。だが、荒唐無稽な解決策を真剣に考えている常識外れな彼に笑ってしまう。お陰でだいぶ緊張が解れた。

　リシュカたちの後ろには贈り物の箱を携えたアロイスたちが控えている。やけに大きな箱だが、中身はリシュカも聞かされていなかった。

「心の準備はいいか？」

「……ああ。頼む」

　ヴィルフリードの確認に頷き、警護の兵士に目配せをする。

「リシュカ様のご到着です！」

高らかに宣言しながら兵士が扉を押し開くと、王座に続く濃紺の絨毯が目に飛び込んできた。幼い頃はこの上を無邪気に駆け回ったものだ。

いまは息を潜めて一歩一歩踏みしめる。玉座に座る皇帝の前に辿り着くまでの時間が永遠のように感じられた。

「皇帝陛下、親善使節の任務よりただいま戻りました」

膝を折り、頭を下げて報告をする。

「ご苦労だったな。よく戻った」

心配は杞憂に終わり、皇帝はレアリウス王国からの正式な使節であるヴィルフリードの来訪を歓迎した。

リシュカにかける言葉は硬い。だが、以前は直接声をかけてくれることもなかった。無事、親書をレアリウス国王に届け、その代理であるヴィルフリードを伴っての帰国という今回の働きについて、それなりに評価してくれているということかもしれない。

立ち上がり、皇帝の隣に立つユスティラの様子を窺った。穏やかに微笑んではいるけれど、その目は笑っていない。五体満足でリシュカが帰ってきただけでなく、暗殺するはずだったヴィルフリードを伴っていることに、想像以上に動揺しているに違いない。

「して、そちらがヴィルフリード殿下ですかな？」

「は、レアリウス王国第二王子ヴィルフリード・フォン・レアリウスと申します。お目通りいただき感謝いたします」

「我はユシュタル皇国第十五代皇帝フォルセディンだ。遠いところを遥々《はるばる》よくお越しになられた」

「お会いできて光栄です、皇帝陛下。我がレアリウス国王からの親書、どうかお受け取りください」

「うむ」

　側に控えていた従者がヴィルフリードから親書を預かり、皇帝の元へと運ぶ。だが、親書の入った箱の封を開けようとした皇帝を、脇に控えていたユスティラが青い顔で制止した。

「お待ちください、陛下！」

「どうした、ユスティラ」

「敵国の将が持ち込んだ品、中身を改めもせずお開けになるなど危険でございます！」

　突然のユスティラの鋭い言葉に、謁見の間が静まり返る。リシュカたちの間にも、にわかに緊張が走った。

「客人の前で何を申すのだ。敵国などと失礼ではないか！　親善の使節を送り、国交の再開を申し入れたのは我が国なのだぞ」

「ですが、不穏な情報を耳に挟んでおります」

「どういうことだ？」

皇帝だけでなく大臣たちも訝《いぶか》しげな顔をしている。

「そこのリシュカ皇子には反逆の容疑がかかっております」

「何だと!?」

静かだった場内が、一斉にざわつき始めた。

「リシュカ皇子はヴィルフリード王子を亡き者とし、二国の間に戦を起こそうとした疑いがあるのです。皇子についていった護衛の兵士から、内密に報告を受けております」

「は……まさか、何故そのような……第一、ヴィルフリード殿はこの場にいるではないか」

「暗殺に失敗し、取り込まれたのでしょう。敵国の騎士団を率いて首都までやってきたことが何よりの証左！」

ユスティラからは殺意の滲む憎悪が立ち上っている。やはり、リシュカ暗殺に失敗したという事実が、彼女から態度を取り繕う余裕を奪い去ったようだ。

「父上、私はそのようなことを画策してはおりません！」

このまま黙って聞いてはいられない。リシュカは強く反論した。

「云い訳をするなんて、往生際が悪いですわ、リシュカ様。陛下の御前です。反省し、事実だけを述べてください」

「――事実を述べていいのですか、義母上？」

眼光を強めてリシュカが問い返すと、ユスティラは一瞬口ごもった。

「も、もちろんです。嘘偽りを申せば、この義母が見抜きますゆえ」

リシュカが自分に逆らうような態度を取るとは、露ほども思っていなかったのだろう。幼い頃からユスティラに対して否と云ったことは一度もなかった。彼女の云うことに間違ったことがあるなどと、考えたこともなかったからだ。

(だけど、もう違う)

いまは自分の目で見て、自分の頭で考えようとしている。

ユスティラの動揺は一瞬だった。さすがに肝が据わっている。都合の悪いことをリシュカが話せば、偽りだと難癖をつけるつもりなのだろう。

「私はレアリウス王国へ向かう途中、国境手前の山道で野盗たちに襲われました。頭を殴られ、意識を失っていたところを助けてくれたのがヴィルフリード様たちです」

「それは一体どういうことなのだ、リシュカ!」

「偶然通りかかった我々が助けに入ったのですが、その場には金目のものも残されており不可解に思ったものです。このたび、リシュカ皇子の帰還が遅れたのは、我が屋敷で療養されていたからです」

リシュカの報告を、ヴィルフリードが補助してくれる。

「連れていた護衛の者たちはどうした。共に帰ってきたのではないのか?」

「護衛は皆、逃げ出しました。ヴィルフリード様の屋敷に滞在中、一人姿を見せましたが私を迎えにきたわけではありませんでした。レアリウス兵に殺害されたように見せかけて私を殺しにきたのです」

「何と……それは真《まこと》か……!?」

「耳を貸してはなりません、陛下！　そんな出任せ、いくらでも捏造することは簡単です。レアリウスの人間を宮殿に連れてきたことも、何か裏があるのかもしれません」

　ユスティラは感情的に反論する。

「いや、しかし――」

「ふざけるな！」

　皇帝がユスティラの言葉に押されかけたその瞬間、ヴィルフリードが一喝した。

「黙って聞いていれば、好き勝手なことを。暗殺を企んでいたのは、貴女《あなた》のほうではないですか」

「なっ、一国の皇妃に向かって何と無礼な！」

　ユスティラは怒りで顔を真っ赤にしている。それに対し、皇帝は困惑を隠し切れない様子で狼狽えていた。

「貴女の企みはわかっている。リシュカを殺し、実の息子である第二皇子に皇位を継がせようとでもしたのだろう。私の暗殺を命じたのは、リシュカ皇子の暗殺が失敗したときの保険だったのでは？」

「私はユスティラ様にヴィルフリード様の暗殺を指示されました。レアリウス王国への出立前、皇帝陛下の命だと告げられて」

「私の命だと？　何を云っておるのだ、リシュカ」

「この短剣は、義母上が手ずから渡してくださったものです」

ヴィルフリードに振りかざした短剣を胸元から取り出した。危険がないよう、念入りに洗浄し毒は取り去ってある。

「何ということをおっしゃるのですか、リシュカ様。私がそのようなことを申し上げるはずがありません。レアリウス王国との和平は陛下の悲願。それを邪魔するなど誰が望むでしょう」

ユスティラの白々しい惚け方は堂に入っている。嘘をつくことに慣れきっているのだろう。

「義母上の言葉だからこそ、疑うことなく受け入れたのです。ですが、彼を殺した先にある未来が民にとって晴れやかなものになるとは思えず、事情をつまびらかにしました。本来なら他国の王子の命を狙っただけでも重罪。ですが、ヴィルフリード様は私を許してくださいました」

ヴィルフリードは賓客だ。警護の親衛隊たちも、誰の命に従うべきか悩んでいるようだった。

「な、何を云っているの？　茶番もいいところですわ！　早くそやつらを捕らえてしまいなさい！何をもたもたとしているの!?」

「すぐに信じてはもらえないだろうと思い、何が真実なのか明らかにする証拠をお持ちしました」

「しょ、証拠？」

「アロイス、彼らにお見せしろ」

「はっ」

アロイスが運んできた二つの大きな箱の鍵を開ける。中身はリシュカも聞かされていない。最後尾の荷馬車に乗せて運んできたその箱の中から現れたのは、野盗の一味の一人とルクイルの姿だった。

「ルクイル!?」

やけに大きな箱だと思っていたが、まさかこの二人を荷馬車に詰め込んで首都まで連行してきたとは思いもしなかった。

さすがのユスティラも、拘束されたルクイルの姿に動揺を見せた。

「あの者は護衛として供をしていたリシュカ皇子の副官であるルクイルです！　我が国の兵士に何ということを……！」

「ゆ、ユスティラ様、申し訳ありません……っ」

手足を拘束されたルクイルは、ユスティラの顔を見た途端表情を強張らせ謝罪を口にした。

「この者たちはリシュカ皇子の命を狙った者たちです。我が国の砦に忍び込み、レアリウス兵の仕業に見せかけてリシュカ皇子を殺すつもりだったと白状しました」

ヴィルフリードの申告に、広間にざわめきが走った。

「何という——」

皇帝も言葉をなくしている。

「こちらの者もこうして捕らえてみたところ、野盗ではなく金で雇われた傭兵だと判明し、真の目的はリシュカ皇子の暗殺だったと証言しています」

「して、傭兵を雇ったのがユスティラ皇妃だと云いたいのか？」

「そのとおりです。傭兵を金で雇う手引きをしたのが、このルクイルです」

「そんな卑しい者の言葉など信じるに足りません！　陛下はわたくしを信じてくださいますわよね？」

ユスティラは猫なで声で皇帝に縋る。

「お助けください、ユスティラ様……！」

「リシュカ皇子の暗殺など、私の与《あずか》り知らぬこと。その者が私の名を騙《かた》って、悪巧みをしただけのことでしょう」

「そんな……」

皇帝が彼女よりもリシュカのことを信じてくれるかどうかは、分《ぶ》の悪い賭けだった。

もし本当に皇帝がヴィルフリードの暗殺を指示していたとしたら、この訴えは茶番にすぎない。だが、あれがユスティラ一人の企みだったとしたら——。

「貴女がそう簡単に認めるとは思っていない。証言が信用に足らないのなら、証拠の品も追加しよう」

　ヴィルフリードが胸元から取り出したのは、一枚の書状だった。

「それは……？」

「そこの傭兵の首領が皇妃と交わした契約書の一通だ。ユスティラ皇妃直筆の署名と封蠟《ふうろう》の割り印が入っている。そして、あれが前報酬だそうだ」

　騎士の一人が手にしていた袋をひっくり返す。中からは何十枚もの金貨が零れ落ちた。

「確かにこれはユスティラの字……皇妃、これは一体どういうことだ！」

「陛下、これはわたくしを塡めるための策略に違いありません！　わたくしの手に似せて、契約書などというものを偽造したのです」

「皇妃、もうこれ以上お見苦しい真似はおやめください。観念なさるのが身のためです」

「……っ、何を出鱈目な！　早くあの者を、いえ、そこにいる者全員引っ捕らえなさい！」

　ユスティラは金切り声を上げる。

「字だけではない、この紙もこの蠟も皇族以外で手に入れるのは難しいものだ。金貨も今年鋳造《ちゅうぞう》したばかりのもの。これほど大量に市場に出回っているはずがない。――皇妃ユスティラを捕らえよ」

　先刻まで困惑を隠しきれずにいた皇帝は、厳かに命じた。

「陛下!?　何かの間違いです！　わたくしを信じてくださいませ……！」

「これだけの証拠が揃っていて、まだ云い逃れをしようとする気か？　皇族の命を狙うなど言語道断。どんな理由があったとしても許されることではない。その上、国交を結ぼうとしている国の皇子の暗殺を謀るとは国家への裏切りだ」

「私は陛下のために尽くして参りましたのに……っ」

悲劇の主人公と云わんばかりに髪を振り乱し、噎《むせ》び泣いてはいるように見えるが涙は一滴も流れていなかった。

「もう一つ確認させていただきたい。皇帝陛下、貴方が息子であるリシュカ皇子を冷遇されるのはどうしてですか？」

「それは——」

ヴィルフリードの直截な問いかけに、皇帝は気まずげに目を逸らす。その後、はっとした様子で顔を上げた。

「——ユスティラ、もしやリシュカが不義の子だというのも偽りだったのではあるまいな？」

「な、何をおっしゃるのですか皇帝陛下……私は先の皇妃様が亡くなられる前に枕元でそう告白されたと申したではないですか！」

そう反論するユスティラの目が泳いでいる。

「以前の話では、リーゼが密通をしているところを見たと云っていなかったか？」

「そ、そうでしたわ！　偶然見かけてリーゼ様に確かめましたの」

辻褄《つじつま》が合わなくなったらしく、慌てて言葉を取り繕っているのが見え見えだった。

「……後ほど、詳しく話を聞かせてもらうとしよう。早く連れていけ」

「陛下、これは何かの誤解です！」

「調べが終わるまで幽閉しておけ」

「はっ！」

「離しなさい！　私は皇妃ユスティラですよ!?」

暴れるユスティラを兵士たちが連行していく。やがて彼女の声は聞こえなくなったけれど、その代わりに気まずい沈黙が辺りを支配した。

そんな中、最初に口を開いたのはヴィルフリードだった。

「皇帝陛下、リシュカ皇子への誤解は解けましたか？」

「……ああ」

「私を信じてくださるのですか、父上」

父の苦悩に満ちた表情に胸が痛む。皇帝は立ち上がると、ふらふらとリシュカの元へと歩み寄る。

そして、その場にがくりと膝をついた。

「私は何ということを……。リシュカ、私はこれまで皇妃の言葉を信じて、お前を実の子ではないと思っていたのだ。お前の母リーゼを病で亡くし気落ちしていたところに、リーゼの裏切りを吹き込まれ信じてしまったのだ……」

「不義の疑いがあったとしても、幼いリシュカ皇子には何の罪もありません。ユスティラ皇妃があれほど増長したのも、見たくないものから目を逸らし続けてきたからでしょう。これからはきちんと向き合ってください」

　ヴィルフリードの厳しい言葉はともすれば不敬に当たる。だが、苦しんできたリシュカを慮ってのことだということは、痛いほど伝わってきた。

「真実は必ず明らかにする。私の弱さのせいで、危険な目に遭わせてしまった。長い間、辛い想いをさせてしまいすまなかった」

　リシュカは父からの謝罪に目を瞠る。

「それに、お前は幼い頃から嘘だけはつかなかった。私の云いつけを守ってな」

「……っ」

「リシュカ、この父を許してくれるか？　リーゼを失った悲しみに向き合えず、ユスティラの讒言《ざんげん》に惑わされてしまった弱い父を」

「いいんです、父上。こうしてお話ができるようになっただけで僕は——」

　胸が詰まって、言葉が出てこない。リシュカも膝を折り、父の手を取る。皆の前で泣いてしまわないよう耐えることが精一杯だった。

涙ぐむリシュカの肩を、ヴィルフリードは黙って抱き寄せてくれた。彼がいたから強くなれた。信じ合える対等な存在がいる幸いを噛み締める。

「リシュカ、ゆっくり話をさせてもらえるか？」

「もちろんです」

思わず溢れた涙を手の甲で拭い、父に十数年ぶりに笑顔を向けた。

16

騎士団の純白の礼服を身に着けたリシュカは、磨き上げられた鏡の前で深呼吸をする。季節は初夏を迎え、北国であるユシュタル皇国にも緑の息吹が芽吹いている。

春を迎える頃に描いていたものとはまったく違う未来を迎え、どこか夢心地な気分が拭えない。だが、どんなに夢のようなできごとでも紛れもない現実だ。

（こんな日が来るとはな……）

リシュカがレアリウス王国から帰国した日のことを思い出すと、感慨深い気持ちになる。蟠《わだかま》りのあった父とは、関係を修復できた。むしろ、こうしてレアリウスに嫁ぐことを渋ったくらいだ。

詳しい経緯を説明したあと、頃合いを見計らってヴィルフリードとの関係を告白したのだが、同性婚の風習がないことと、第一皇子が他国に嫁ぐという前例のない事態になかなか理解が及ばなかったらしい。

ヴィルフリードと心から愛し合っていることや自分たちの婚姻で二国の絆《きずな》が強くなることなどを粘り強く話し、どうにか婚姻を認めてもらうことができた。リシュカの固い決意が揺らがないとわかり、折れてくれたのだ。

和解したあの日以来、できるだけ父子の会話を持つよう心がけた。だが、そんな日々も今日でおしまいだ。本日、ユシュタル皇国第一皇子であるリシュカと、レアリウス王国第二王子ヴィルフリードの婚姻の儀式が執り行われる。

二国が国交を再開し、より深く結びつく和平の祝いでもあるため、二人の婚姻の儀はレアリウス王都の教会で盛大に行われることになった。

もちろん、レアリウス国王やヴィルフリードの兄ジークハルトだけでなく、ユシュタル皇帝であるリシュカの父や弟のサーシャも儀式に参列する。

（義母上は息災にしているだろうか……）

ユスティラの企《たくら》みは詳細に調査され、リシュカ暗殺の企ての全てや皇帝への虚偽の進言の数々が明らかになった。

ユスティラの行為は重罪に当たる。皇妃と云えども、本来は厳罰は免れない。下手をすれば死罪、よくて生涯幽閉の身になるだろうと云われていた。だが、罪は犯したとしても彼女は弟サーシャの母だ。リシュカから皇帝に恩情をかけてくれるよう申し出た。

いま義母のユスティラは生まれ故郷の小さな屋敷に軟禁されている。穏やかに暮らしていくには悪くない場所だが、権力欲の強かった彼女には苦行だろう。それでも死罪や一生幽閉の身になるよりは寛大な処置だ。

「リシュカ様、そろそろお時間です」

物思いに耽《ふけ》っていたリシュカを侍従が呼びにくる。いまはぼんやりしている時間はないのだと、にわかに思い出した。

「わかっている。いま行こうと思っていたところだ」

「さあ、ヴィルフリード様がお待ちですよ」

侍従のあとに続き、緊張の面持ちで歩き出す。今日、生まれ育った国から嫁いでいくのだと思うと、誇らしくも寂しい気持ちもあった。

「リシュカ」

「――――」

ヴィルフリードは王城の正面の扉の前で、リシュカを待ち受けていた。

揃いの礼服を身に着けた姿はいつも以上に凛々しく男らしく、改めて目を奪われた。初めて顔を合わせたときも、同じように見蕩れてしまったことを思い出す。

胸に飾られているのは、国花であるワスレナグサだ。白い生地に涼しげな青がよく映えている。

「よく似合っている」

リシュカを見つめ、眩《まぶ》しげに目を細める。

「ヴィルも見違えた。白も似合ってる」

普段は黒い服が多いせいか、全身を純白に包まれた姿を見るのは初めてだ。男前は何を着ても似合うのかと改めて感心する。

「正直、着慣れなくて落ち着かない」

口ではそう云いながらも、なかなか堂々とした立ち姿だ。名を馳せた戦士は、踏んできた場数が違うのだろう。

「寂しくはないか？」

「……寂しくないと云ったら嘘になるけど、もう大した距離ではないから」

長く両国を遠ざけていた二つの関所は開かれた。すでに国同士を結ぶ道の整備も始まっている。これからは穏やかで平和な未来が待っているだろう。

「ご準備はよろしいですか？」

この扉の先には二人を祝うために国民たちが待っている。従者の確認に頷こうとしたら、ヴィルフリードに制止された。

「少し待ってくれ」

「ヴィル？　どうかしたのか？」

ヴィルフリードは扉を開けようとした従者を止めると、リシュカに向き直る。

「神に誓う前に改めて君に約束したい」

「え？」

両手を取られ、目を瞬く。こんな段取りは聞いていない。

「一生、君を愛し、慈しみ、守ることを誓う。この身をかけて君に生涯尽くさせてくれ」

飾りのない言葉が胸に染み入ってくる。泣くのはまだ早いとわかっていても、どうしても視界が滲んでしまう。

「――僕も誓う。この身を捧げ、愛し、生涯貴方と共に生きていくことを」

ヴィルフリードの手を握り返し、降りてきた唇を受け止めるため、リシュカはそっと目を閉じた。

あとがき

初めまして、こんにちは。藤崎《ふじさき》都《みやこ》です。

この度は拙作をお手に取って下さいましてありがとうございました！

ファンタジー作品としては二作目、異世界が舞台のお話は初めて書きましたが、いかがでしたでしょうか。

設定や単語など、色々と難しいですね！　不慣れながらも楽しく書かせていただきました。皆様にも楽しんでいただけていると幸いです。

この本の原稿を書き始めたときには、世界がいまのようになるなんて想像もしていませんでした。

少しずつ日常生活が戻りつつはありますが、まだまだ制限されている部分も多い中で拙作を読んで下さる皆様が少しでも楽しめるものが書けるよう、これからも頑張りたいと思います。

美麗なイラストでお話を彩って下さいました小禄《ころく》先生、本当にありがとうございました！　美しい表紙と口絵は眼福ものです。ヴィルやリシュカも想像以上に男前かつ可憐に描いて下さって嬉しかったです！

　担当さんにも大変お世話になりました。今回もご面倒をおかけいたしました。今後ともどうぞよろしくお願いします！

　そして、この本をお手に取って読んで下さった皆様にも改めて感謝を。本当にありがとうございました！　大変な状況は続いていますが、どうか皆様ご自愛下さいね。

　それでは。またいつか、どこかでお会いできますように！

二〇二〇年六月

藤崎　都

この本を読んでの
ご意見・ご感想を
お寄せ下さい。

〒151-0051
東京都渋谷区千駄ヶ谷4-9-7
(株)幻冬舎コミックス　リンクス編集部
「藤《ふじ》崎《さき》 都《みやこ》先生」係／「小《こ》禄《ろく》先生」係

リンクス ロマンス

騎士王子は月の下で愛を囁く

2020年7月31日　第1刷発行

著者……………藤《ふじ》崎《さき》 都《みやこ》
発行人…………石原正康
発行元…………株式会社　幻冬舎コミックス
〒151-0051　東京都渋谷区千駄ヶ谷4-9-7
TEL 03-5411-6431（編集）
発売元…………株式会社　幻冬舎
〒151-0051　東京都渋谷区千駄ヶ谷4-9-7
TEL 03-5411-6222（営業）
振替00120-8-767643
印刷・製本所…株式会社　光邦
検印廃止

ISBN978-4-344-84686-9 C0293
Printed in Japan

幻冬舎コミックスホームページ　https://www.gentosha-comics.net

本作品はフィクションです。実在の人物・団体・事件などには関係ありません。